브이로그
조작사건

브이로그
조작사건

팀 콜린스 지음 ◎ **김영아** 옮김

미래인

브이로그 조작사건

1판 1쇄 발행 2017년 11월 30일
1판 6쇄 발행 2024년 10월 10일

지은이 팀 콜린스
옮긴이 김영아
펴낸이 김민지

펴낸곳 미래M&B
등록 1993년 1월 8일(제10-772호)
주소 04030 서울시 마포구 동교로 134 미진빌딩 2층
전화 02-562-1800(대표)
팩스 02-562-1885(대표)
전자우편 mirae@miraemnb.com
홈페이지 www.miraeinbooks.com
블로그 blog.naver.com/miraeibooks
인스타그램 @mirae_inbooks

ISBN 978-89-8394-830-4 (03840)

"현실에서 친구를 만들기 힘들다면,

브이로그를 시작해봐!"

3월 27일 월요일

웰컴 투 마이 월드! ☆ 데스티니

 모두들 안녕! 난 데스티니야! 내 채널에 온 걸 환영해! 이걸 시작하게 돼서 너어어어무 신나.

 너희는 이 채널에서 끝내주는 것들을 보게 될 거야. 내 일상생활과 쇼핑, 화장법, 헤어스타일—서핑걸 브레이드라는 건데, 암튼 이 모든 걸 곧 보여줄게...

 근데 그 전에 먼저 누굴 좀 소개하려고. 바로 얘, 로키야. 정말 귀엽지 않니? 인사 나눠봐.

 이것이 내 생애 첫 브이로그의 시작이다. 먼저, 이 브이로그는 내 거라는 걸 확실히 말해둔다. 저 글은 분명히 내가 쓴 것이다. 하지만 저 글을 목소리로 잘 살려낼 여자애가 필요했다.

 처음엔 내가 직접 비디오를 찍으려고 했다. 근데 별로였다. 나는 대본을 쓰고 거울 앞에서 연습한 다음 녹화를 하고, 찍은 영상을 돌려 봤다. 맙소사. 이건 정말 아니었다. 스피커에서 흘러나오는 내 목소리는 밋밋하고 느릿하고 지루했다. 맹세컨대 내 진짜 목소리는 절대 그렇지 않다. 스피커가 나를 농락하는 거지.

게다가 내 꼴도 가관이었다. 새벽 4시에 전화벨이 끔찍하게 울려 대는 바람에 놀라 일어난 사람 같다고나 할까. 나는 화면발이 별로라는 걸 인정해야만 했다. 녹음발도, 화면발도 ㅜㅜ 아무래도 올리비아 채널로는 희망이 없었다.

그래도 나는 브이로그를 만들고 싶었다. 나는 늘 뭔가 쓰고 창조하는 걸 사랑하니까. 그래, 솔직히 말하면 광고 수입으로 떼돈을 버는 스타 브이로거들에 대해 알고 있었다. 그리고 학교에서 학기말에 뉴욕으로 수학여행을 간다는 걸 알게 되었다. 그런데 나는 그 여행을 갈 만한 돈이 없었다.

이런 마당에 내가 할 수 있는 일이란 나의 매력적인 존재감을 마음껏 발산해서 수많은 팬들을 확보하고 그들에게 광고를 퍼부어 한몫 잡는 것밖에 없었다.

가벼운 테스트 녹화가 가져다준 결론은 이거였다. 이래 가지고는 나라는 존재가 '매력 발산'은커녕 '매를 벌 상'이며, 내가 확보할 만한 팬이라고는 프라이팬밖에 없겠다는 거.

그때 영리한 해결책이 떠올랐다. 나 올리비아는 브이로그를 쓰기만 하고 누군가 다른 사람이 데스티니를 연기하면 되는 거다! 우리 학교(나는 얼마 전에 이리로 전학을 왔다)에 엠마라고, 구역질 나게 생긴(건강식이라는데 건강에 좋다는 건 죄다 왜 이렇게 생겼는지 모르겠다) 밀크셰이크 광고를 찍은 여자애가 있었다. 나는 그 광고를 텔레비전에서 한 번도 본 적이 없지만, 엠마가 자기 폰으로 자랑삼아 그 광고를 자주 보여줬다.

광고 속에서 엠마는 깔깔거리는 여자애들 곁에서 머리카락을 흩날리며 웃고 있다. 형광색 밀크셰이크를 후루룩 마시면서. 하지만 실제로는 촬영 중간중간 마신 걸 양동이에 뱉었을 게 뻔하다. 안 그랬다간 서로의 머리카락에다 그걸 뿜고 말 테니까.

나는 엠마한테 내 계획을 설명했다. 브이로그에 출연해 대중에게 자신을 드러내는 게 연기 경력에 많은 도움이 될 거라고 말이다. 그 역겨운 건강 음료를 가지고도 기뻐 날뛰는 행복한 소녀 역할을 해낼 수 있었는데, 다정하게 재잘거리는 브이로거 연기쯤은 일도 아닐 거라는 내 제안에 엠마는 동의했다. 자신을 '드러내는' 대가로 비디오 한 편당 10달러를 약속받은 뒤에.

괜찮다. 통장 잔액이 많진 않지만 브이로그가 제대로 돌아가기만 한다면야 그런 투자는 기꺼이 해야지. 팬덤이 형성되기만 하면 투자한 금액의 더블, 트리플, 쿼드러플, 그다음 단어는 뭔지 모르겠지만, 하여튼 큰돈을 벌어들일 테니까.

오늘 저녁 엠마가 우리 집에 와서 영상을 찍었는데 완전 멋있게 나왔다. 엠마는 '스완즈'(자기들이 백조라니, 누가 봐도 웃기는 이름이다)라는 패밀리 애들과 뭉쳐 다니기 때문에 학교에서 엠마와 대화를 한다는 건 상상하기도 힘들다. 하지만 우리 집에서 영상을 찍을 때 보면 엠마는 멋진 애다. 뭐랄까, 도움을 요청하기도 전에 모든 걸 챙겨주는 큰언니 같다고나 할까. 물론 현실에는 이런 언니가 존재하지 않는다.

심지어 엠마는 내 고양이 로키가 무릎 위에 뛰어올라 키보드를 쿵쿵거리는 돌발 상황에서도 멋지게 즉흥 연기를 해냈다. 그러고 보면 로키도 제법 괜찮은 배우다. 로키는 끼니때만 되면 나를 엄청 사랑하는 척한다.

나는 이 브이로그에 완전 빠져 있다. 엠마가 눈부신 연기로 바꿔주리란 걸 알기 때문에 다음 대본을 쓸 때도 초집중할 수 있다. 나의 문장력과 엠마의 연기력이 크로스 합체하여 데스티니는 완벽한 브이로거로 탄생할 것이다. 팬덤과 수입이여, 어서어서 생겨나라!

3월 28일 화요일

오전 9시

짜잔~ 영상을 막 업로드 했다. 이제 조회수가 오르기를 기다리기만 하면 된다. 조회수가 최대한 빨리 올라가야 한다. 통장에 잔액이 많지 않은데 그걸 몽땅 엠마의 출연료로 쓰고 싶진 않으니까.

오후 6시

여전히 기다리는 중.

참을성을 가져야 한다는 건 나도 안다. 당장 입소문이 날 리는 없다. 브이로그계의 레전드라고 할 만한 '재채기하는 판다'조차 소문이 나기까지 두 달이 걸렸다.

오후 7시

내 비디오는 지금까지 고작 조회수 14뷰를 기록했다. 그 14뷰 중 대부분이 내가 본 거다. 그리고 댓글은 딱 하나가 달렸다 :

> **$$$ 특가판매 $$$**
> 진품디자이너선글라스///소량입고///90%할인///품절임박///마지막기회!!!///당일배송///지금 클릭!

흠. 썩 좋은 출발은 아니군. 그래도 내 브이로그가 마음에 안 들었다면 선글라스 광고를 달지는 않았겠지.

어서 와라, 시청자들이여! 이건 정말 고퀄 영상인데, 왜들 안 보는 걸까?

오후 8시

현재 조회수 21뷰. 그리고 새로운 댓글 :

 크래프터101
끝내주는 비디오! 내 채널 크래프터101도 클릭~

비디오가 마음에 든다는 칭찬 댓글에 나는 완전 흥분했다. 하지만 링크를 클릭해 보니 다른 비디오 채널들에도 같은 댓글을 달아 놓은 게 보였다. 비디오를 제대로 보지도 않고 무조건 칭찬하면서 자기 게임 채널을 홍보하는 거였다. 그 뒤로 스팸 댓글이 몇 개 더 올라왔지만 괜찮다. 진정한 팬들이 곧 나를 알아볼 테니까.

나도 크래프터101을 본받아서 다른 브이로그에 내 링크를 걸어 두기로 했다. 하지만 그들과 다르게, 나는 비디오를 실제로 다 본 뒤에 진정성 있는 댓글을 달 거다. 그리고 나서 은근슬쩍 내 채널 링크를 끼워 넣어야지.

오후 9시

조회수는 이제 33뷰를 찍었다. '좋아요' 8개와 새

댓글 3개 :

 레전드 댄
이 글을 본 즉시 10개의 다른 사이트에 이 댓글을 다시오. 아니면 5 늘 밤 저승사자가 찾아감

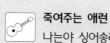 **죽여주는 애런**
나는야 싱어송라이터~ 내 채널을 봐봐~ 내 가치를 보여주지

 앙마 리암 13
ㄹㅇ 3분 동안 인생 개낭비. 짱나

이렇게 씹히는 게 스팸 댓글을 또 받는 것보다 더 기뻤다면 비극

이겠지?

맞다. 이건 비극이다.

오후 10시

디자이너 핸드백 포스팅을 하나 더 받고는 브이로그를 그만둬야

하나 고민하고 있는데, 몇 분 전에 이 댓글이 올라왔다 :

 크레이지 케이틀린 2001
짱 멋지다! 비디오 더 많이 올려줘. ♡♡♡ 데스티니

이거야말로 진짜, 레알, 긍정적인 댓글이다. 나한테 선글라스를 팔 생각도 없고, 자기 채널을 구독하라고 요구하지도 않고, 오래 전에 잃어버린 친척인데 내 계좌 정보가 필요하다고 말하지도 않는다. 드디어 진짜 팬이 나타난 거다. 희망이 보인다! 예에!!!

3월 29일 수요일

이제 조회수가 90뷰를 넘었다. 그리고 진짜 댓글도 더 많이 달렸다 :

 xx패션걸xx
끝내준다! 더 많이 올려줘요!

 데스티니는완벽해
너어어어어어어어어어어어어어어어어무 완벽해

 불타오르는제이든
그 셔츠 어디서 살 수 있나요?

 앙마 리암 13
우리 동네에 끝내주는 구글러가 사는데 그 녀석한테 물어봐주지

괴짜소녀
이 비디오 진짜 인상적. 올려줘서 정말 고마워

 플래닛 케이트
데스티니 짱!

 크레이지 케이틀린 2001
너 증말 끝내준다

> **문법 수호신**
> 증말 -> 정말
>
> **크레이지 케이틀린 2001**
> 꺼져

 클로에 C
다음은 룸 투어 부탁요~

> **크레이지 케이틀린 2001**
> ㅇㅈ

데스티니한테 팬이 생기고 있다! 이제 제대로 돌아가는 거다!

어쩌면 황당하달 수도 있는 이 일에 나는 정말로 흥분했다. 이쯤에서 여기, 내 일급비밀 다이어리에는 털어놔야겠다. 나는 새 학교에서 아직 친구를 많이는 사귀지 못했다. 사실은, 한 명도 못 사귀었다.

전학 온 지 몇 주밖에 안 됐으니 시간이 더 필요하다는 거 안다.

하지만 다들 자기 패밀리끼리만 하도 딱 붙어 다
니니 누군가한테 말을 거는 것 자체가 불가능하
다. 이것이 내가 브이로그를 시작하기로 결심한
또 다른 현실적 이유다.

예전 학교에서는 친구가 많았다. 제스, 샘, 한, 맛이 가기 전의
스테프까지. 지금도 걔들하고 문자를 주고받는다. 하지만 지금은
나의 존재가 점점 희미해져가는 느낌이다. 내 문자에 답이 오기까
지 걸리는 시간이 매번 점점 더 길어지고 있다. 머지않아 모두 내
문자를 읽고도 씹겠지.

새 학교에서 걔들 같은 패밀리를 찾게 될 거라 기대했지만, 아직
실현되지 않고 있다.

뭐, 괜찮다. 상관없다. 이제 팬들이 생기고 있으니까. 다른 브이
로그에 링크를 거는 전략이 먹힌 게 틀림없다. 다음엔, 트위터에서
베스퍼 같은 온라인 스타한테 메시지를 보내서 리트윗이 되는지
시도해봐야겠다. 아마 차단되는 걸로 끝나겠지만 시도해볼 만한
가치는 있다.

그러는 동안 내 팬들을 계속 행복하게 해줘야 하니, 다음번 비디
오는 룸 투어를 하는 게 좋겠다. 새로운 물건들도 좀 넣고 내일은

방 정리도 해야겠다. 지금 상태 그대로라면 내 방을 둘러보고 싶어 할 사람은 해충 방제업자밖에 없을 거다.

데스티니의 룸 투어는 이런 식으로 진행될 계획이다 :

모두들 안녕, 난 데스티니야. 내 방에 온 걸 환영해. 이건 내 책상과 노트북인데, 비디오를 여기서 편집해. 이건 화장대. 직접 만든 정리함을 써서 뷰티 필수품들을 한 치의 오차도 없이 완벽한 순서로 보관해둬. 이건 침대. 브이로깅을 하고 근사한 댓글을 읽으면서 힘든 하루를 보낸 뒤에 털썩 주저앉는 곳. 이건 침대 협탁. 긴급 상황에 쓸 립밤은 여기에 둬야지...

실제 내 방 투어라면 이렇게 될 거다 :

모두들 안녕, 난 올리비아야. 내 방에 온 걸 환영해. 여기 방바닥에 더러운 빨랫감 더미가 있네. 그 옆에 또 한 더미. 이건 한두 번씩 입었지만 아직 빨래할 정도로 더럽지는 않은 옷들이야. 이건 아빠가 사무실에서 훔쳐온 노트북인데 뚜껑을 열면 초콜릿 포장지랑 유통기한이 한참 지난 치토스 봉지가 보일 거야...

당연히 첫 번째 옵션이 낫겠지. 팬들 덕분에 나한테 할 일이 생겼다. 엄마랑 아빠가 아무리 들들 볶아대도 절대 하지 않았던 그것—바로 내 방 청소하기.

3월 30일 목요일

진이 다 빠졌다. 방을 정리하는 데 오전 시간을 몽땅 썼더니, 아빠가 나를 의심의 눈길로 쳐다봤다. 아빠한테 죄책감을 느끼게 만들어서 뉴욕 여행을 보내주게 하려는 의도로 보였던 모양이다. 아빠는 우리 형편이 안 된다는 것, 내가 아무리 착하게 굴어도 달라질 건 없다고 몇 번이나 거듭 설명했다.

나는 브이로그 때문에 한 거라고 말하고 싶진 않았다. 그러면 브이로그가 뭔지 설명해야 할 테니까. 아빠는 최신 유행과 담 쌓고 지내는 사람이니까.

엠마가 연극 연습을 하러 오기로 했기 때문이라고 둘러대자 엄마, 아빠가 만족스러운 표정을 지었다. 엄마는 연극 동호회에 가입해 있는데 늘 나도 연극에 관심을 갖기를 원했다. 아빠는 내가 새 친구를 사귄 것만으로도 기뻐했다.

내가 새 친구를 사귄 거라면 얼마나 좋겠는가. 엠마는 내가 출연료를 주기 때문에 우리 집에 오는 것일 뿐이다. 엠마는 학교에서는 나를 거들떠보지도 않는다. 스완즈 애들과 같이 있을 때는 특히 더.

하지만 내가 뉴욕 여행에 같이 간다면 상황은 달라질 거다. 여행 갈 사람은 방과 후 클럽에 가입하는데 거기서는 진짜 뉴욕에 대해 가르쳐준단다. 우리가 뉴욕에서 슈퍼 히어로를 만나는 데만 혈안이 되는 불상사를 막기 위해서다. 방과 후 클럽에서 괜찮은 친구들을 만날 수 있을 것이고, 학년말에는 걔들과 어울려 방학을 보낼 수 있을 거다. 그렇게 되면 이번 여름을 로키와 멍청이 오빠와 함께 빈둥대지 않아도 된다.

3월 31일 금요일

오늘 아침엔 깜짝 놀랄 만한 멋진 일로 깨어났다. 베스퍼가 정말로 리트윗을 해온 거다. 베스퍼는 정말 근사한 여자다. 아니면 그녀의 트위터에 글을 쓰는 사람이 근사한 건지도.

새로 올린 룸 투어 비디오가 벌써 조회수 300뷰를 기록했다. '좋아요' 60개에 스팸이 아닌 댓글도 많다. 고마워요, 베스퍼!

알리사 S
첫 방문

xx패션걸xx
내 방에도 똑같은 커튼 있는데. 나랑 취향이 완전 비슷

매디슨 워워워워
짱짱

괴짜소녀
데스티니 최고. 이것은 팩트

클로에 C
다음은 봄 패션 쇼핑 비디오 플리즈~

데스티니는완벽해
너어어어어어어어어어어어어어어어어어어무 완벽해

괴짜소녀
ㅇㅇ

불타오르는제이든
존경과 예의가 담긴 댓글만 달리는 비디오 마침내 발견

앙마 리암 13
니네 엄마한테나 존경과 예의를 보이시지

나는 완전 흥분했고, 팬들이 새 비디오를 제안해 오는 게 정말 좋았다. 돈이 너무 많이 드는 걸로만 제안하지 않으면 좋겠다. 봄 쇼핑을 가게 되면 통장 잔액이 거덜 날 텐데. 흠.

오후 7시

좋은 생각이 났다. 내일 새 옷 쇼핑에 전 재산을 올인 할 거다. 하지만 영수증을 받아뒀다가 다음 날 환불하면 된다. 팬들은 원하는 비디오를 얻고 난 소중한 재산을 돌려받는 거지. 앗싸!

4월 1일 토요일

봄 쇼핑! ☆ 데스티니

모두들 안녕, 내 봄 패션쇼에 온 걸 환영해. 있지, 나 오늘 쇼핑 갔다가 맛이 살짝 가버렸어. 왜냐면... 쇼핑을 갔는데 맛이 가야 당연한 거 아냐? 맨 먼저 이 얇은 점퍼를 샀는데, 나 지금  이 점퍼에 홀딱 빠졌어. 내 어깨에 맞는 상의를 찾기가 진짜 어렵거든. 왜냐면 내 어깨가 괴상할 정도로 너어어무 넓으니까.

[사실 이 점퍼는 맨 먼저 산 게 아니다. 스니커즈 한 개, 도리토스 한 봉지, 환타 한 캔을 산 뒤에 네 번째로 점퍼를 샀다. 나는 오전 내내 패션 잡지를 뒤적거리면서 새로운 스타일의 옷을 장만할 체력부터 비축해야 했다.]

너희들을 위해 잠시 들어서 보여줄게... 자세히 봐봐! 칼라 주위로 스팽글이 한 줄 있어. 딱 데스티니 스타일이지, 그지? 다음으로 고른 건 이 귀여운 셔츠인데, 이 깜찍한 노란색 무늬 좀 봐. 봄 그 자체 아냐? 이 옷은 영원히 간직하게 될 거야.

[아니다. 이 셔츠는 나머지 옷들과 함께 지금 내 옷장에 보관돼 있다. 로키가 자기 배변통으로 착각하면 환불이 불가능해지니까 비닐봉지 다섯 개로 잘 싸놨다.]

처음에 엠마는 데스티니의 어깨가 괴상할 정도로 넓다는 멘트에 거부 반응을 보였다. 하지만 그건 캐릭터를 위해 필요한 거라고 설득했다. 잘나가는 브이로거들은 실제로는 다들 아주 멋지게 생겼으면서도 못생긴 척한다. 요즘에는 그런 게 대세다. 대놓고 자랑하면 안 되고 겸손한 척하면서 은근히 자랑해야 하는 거다.

"나 방금 로레알의 새 모델로 결정됐어" 하고 말하면 안 된다. 대신 이렇게 말해야 한다. "와우, 내가 로레알의 새 모델이 되다니 믿기지가 않아. 그 사람들은 내 잔주름이 얼마나 심각한지 못 본 걸까?"

또 "나 방금 저스틴 비버의 생일파티에 초대받았어" 하고 말하면 안 된다. 대신 이렇게 말해야 한다. "내가 그런 셀럽들하고 어깨를 비비게 되다니 믿을 수가 없어. 나처럼 이름 없는 사람이 그 사람들한테 말을 거는 게 가능하기나 할까?"

엠마도 동의했지만 약간 화가 난 것 같았다. 엠마는 우리 집에 올 때마다 좀 팩팩거리는데 나한테서 루저 바이러스라도 옮을까 봐 걱정하는 모양이다. 하지만 촬영 시작한다는 말만 하면 순간 다른 사람으로 변신하는데, 내가 상상하는 거의 완벽한 '베프'의 모습이다.

엠마는 비디오에 달리는 베스트 댓글을 읽으며 실시간 스트리밍을 할 때도 그 캐릭터를 그대로 유지한다.

내 생각에 충성스러운 팬덤을 구축하는 데는 실시간 스트리밍이 좋은 방법이다. 하지만 몇 분 뒤에 포기해야 했다. 찰리 오빠가 내 방 앞에서 꽥꽥거리고 낄낄대며 계속 왔다 갔다 했기 때문이다.

결국 나는 초인종 동영상을 부모님께 보여주겠다고 오빠를 협박했다. 오빠는 지난주에 친구랑 우리 골목의 모든 초인종을 누르면서 동영상을 찍었다. 나는 그게 정말로 재미있는 척하면서 나한테 보내주면 안 되냐고 했다. 오빠를 협박할 목적이 분명한데도 오빠는 너무 멍청해서 기꺼이 동영상을 보내줬다.

4월 2일 일요일

옷을 몽땅 환불하는 일은 정말 민망했다. 나는 사이즈가 안 맞다고 둘러댔는데 그 말은 어느 정도 사실이었다. 하지만 고객 서비스 직원은 틀림없이 이렇게 생각했을 거다. 모든 옷을 세 사이즈나 작은 걸로 사가다니, 도대체 이건 또 무슨 또라이래?

폰으로 확인할 때마다 새로 올라와 있는 댓글들은 이 모든 수치를 견딜 수 있게 해주는 힘이었다 :

 크레이지 케이틀린 2001
봄 그 자체야 ♡♡♡

 xx패션걸xx
어떡해! 나도 이번주에 그거랑 똑같은 셔츠 샀는데. 우린 너무 비슷해

 커트니 OMG
대스티니 채고 난 항상 니 비됴 바 ㅋㅋㅋ

 똑똑한 펭귄
니 댓글 읽으려면 구글 번역기 돌려야겠다

 커트니 OMG
마메 안 들면 읽지 마 ㅋㅋㅋ

 데스티니는완벽해
네 어깨는 *괴상할 정도로 넓지* 않아. 완벽한 어깨거든

 파피 M
이 비디오 너어어어어무 멋지다

 샤우팅 로렌
데스티니!!!!!!!!!!!!!!!!!!!!!!!!!! 와우우우우우

 코하루99
난 도쿄 살아

 데스티니몬스터02
사랑해 데스티니

점심시간에 조회수 500뷰가 되었지만 그 뒤로는 겨우 700뷰를 찍었다. 이 정도면 꽤 두터운 팬덤이지만, 나를 뉴욕으로 보내주기엔 무리다.

팬들이 광고를 클릭할 때마다 내가 이윤의 일부를 얻게 돼 있다. 내가 필요한 것을 얻으려면 정확히 얼마나 많은 사람이 봐야 하는지 모르겠지만 지금보다 훨씬 많아야 하는 것만은 분명하다.

달리 말하자면, 데스티니는 입소문을 타야 하는 것이다.

좋아. 아무래도 로키를 넣어야겠다. 고양이 비디오는 늘 유명세를 타니까. 로키는 '기분 나쁜 고양이'처럼 웃기는 표정을 짓거나, '놀란 아기 고양이'처럼 웃기는 포즈를 취하거나, '닌자 고양이'처럼 희한한 자세로 움직일 수 있다. 내가 비스킷을 주겠다는 약속만 하면 로키는 어떤 웃기는 짓이라도 한다. 단, 로키가 깨어 있기만 하다면.

오후 8시

쩝. 실패다. 한 시간도 넘게 로키를 찍었지만 로키는 라디에이터 위에서 잠만 잘 뿐 아무것도 안 했다. 로키를 움직이게 만들 수 있는 확실하고 유일한 방법은 청소기를 켜는 것이다. 하지만 그렇게 하면 로키가 침대 밑으로 숨어들 테고 유명세와는 거리가 멀어진다.

보자, 더 좋은 방법이 없을까?

그래, 그거다! 데스티니한테 남친을 만들어주자. 브이로그 커플은 항상 폭발적인 인기를 얻으니까. 그러려면 배우를 하나 더 고용해야 하니 찍을 때마다 비용이 두 배가 된다. 하지만 충분히 사랑스러운 커플을 만든다면, 팬들이 소문을 퍼뜨려서 수백 정도가 아니라 수십만 명의 방문을 받게 될 거다. 그 정도면 충분하지.

4월 3일 월요일

게일을 소개할게! ☆ 데스티니

새로운 구독자들 모두 환영하고 진짜 사랑해! 오늘은 정말로 특별한 사람을 소개할 거야. 아니, 로키를 또 소개하는 거 아니고, 나의 완소 남친 게일이야. 짜잔!

['게일'을 연기할 남자애를 엠마의 연극 동아리에서 급히 구했다. 본명은 캘럼인데 좀 멍청해 보인다. 캘럼은 자기가 이걸 왜 해야 하는지 계속 물었고 나는 10달러를 주겠다는 약속을 상기시켰다. 도대체 그 정도 가치가 있기나 할까? 하지만 캘럼에겐 제법 핫한 구석이 있으니 팬들이 홀딱 빠질 게 분명하다.]

게일, 팬들한테 손 한번 흔들어줘! 내 남친 멋있지?

[데스티니의 남친을 제이콥이나 마이클, 아니면 조쉬 같은 인기 있는 남자 이름으로 부르고 싶었다. 하지만 엠마가 기어이 게일로 부르자고 고집했다. 영화 '헝거 게임' 때문이었는데, 게일은 남자 이름 같지도 않다. 차라리 캣니스라고 부르는 게 낫지.]

오늘 우린 '위스퍼 게임'을 할 거야. 어떻게 하냐면 헤드폰을 쓰고 있는 게일한테 내가 단어를 속삭여. 그럼 게일이 내 입 모양을 보고 단어를 알아맞히는 거지. 다음엔 게일이 문제를 내고 내가 맞히고. 그 결과 점수가 낮은 사람이 상대방이 좋아하는 음식을 만들어주는 거야.

캘럼이 세상에서 가장 뛰어난 배우라고 말하진 않겠다. 하긴 우리 방에서 가장 뛰어난 배우라고 말하기도 그런 게, 로키도 어제 명연기를 펼쳐서 먹이를 먹고도 안 먹은 것처럼 나를 깜박 속여 넘겼으니까. 하지만 게임 비디오만 놓고 보자면 캘럼은 명배우라고 할 만하다. 자기가 연기 중이란 건 까맣게 잊어버리고 게임에 이기는 것에만 집중하다 보니 얼마나 자연스러운 영상이 나왔는지 모른다.

내 입으로 말하긴 좀 그렇지만, 난 이 비디오의 엔딩을 근사하게 썼다. 게일이 게임에 이겨서 데스티니가 요리를 해야 한다. 하지만 게일은 데스티니한테 잠깐 기다리라고 한 뒤 아래층으로 내려가서 데스티니가 가장 좋아하는 페퍼로니 피자를 가져온다. 둘은 포옹을 하고 피자 조각을 나누면서 비디오가 끝난다. 팬들이 열광한다. 그리고 난 뉴욕에 가게 된다. 꺄흐~

녹화가 끝난 뒤, 엠마와 캘럼한테 자기 캐릭터에 대한 아이디어를 말해보라고 했다. 내 생각엔 다음 비디오에 도움이 될 것 같았기 때문이다. 그런데 내가 잘못 생각했다.

엠마는 데스티니의 복잡한 성장 배경에 대한 아이디어를 내놓았다. 여덟 살이 될 때까지 말을 못했던 데스티니는 자기 모습이 찍힌 온라인 비디오를 보다가 말문이 트였다. 그때부터 위대한 브이로거가 되는 일에 열심이라는 거다.

캘럼은 더 어이없는 이야기를 꺼냈다. 게일과 데스티니는 공항에서 만나 사랑에 빠지는 바람에 각자의 비행기를 놓쳤는데, 그 비행기들이 공중에서 충돌해서 탑승객 전원이 사망했단다. 웃기지도 않는 소리다.

나는 엠마와 캘럼의 아이디어를 공책에 적으면서 나중에 쓰겠다고 약속했다. 엠마와 캘럼이 가고 나서 공책에서 그 페이지를 찢어내 던져버렸다. 나한테 도움이 될 만한 둘의 재능이라곤 오늘 보여준 연기력, 그 정도가 다다.

오후 10시

두 시간 전에 비디오를 포스팅 했는데 벌써 조회수 316뷰에 '좋아요' 186개, 댓글 12개가 달렸다 :

클로에 C
둘 다 사랑해

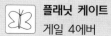 **플래닛 케이트**
게일 4에버

 xx패션걸xx
2:04 어떡해...

 불꽃싸다구
둘 다 나가 죽으셈

 아이패드 대박세일
사장님이 미쳤어요! 신상 아이패드 단돈 30달러!

 클로에 C
피자를 먹는데도 어떻게 그렇게 날씬함?

 크레이지 케이틀린 2001
게일♡♡♡

4월 4일 화요일

오늘 아침에 확인해보니 게일 비디오의 조회수가 1,000뷰를 넘었다! 가장 맘에 든 댓글은 이거다 :

레아 예예
클릭피드에서 보고 왔음. 인정

나는 클릭피드 사이트로 갔다. '14마리 고양이의 심각한 하루'와 '부모가 엄격한 사람만 이해할 수 있는 18가지' 사이에 '당장 봐야 할 새 브이로그'라는 제목이 있었다. 그리고 그 리스트 8번에 데스티니 채널이 올라 있었다.

다른 브이로그 대부분도 최근에 베스퍼 브이로그에서 리트윗 돼 있었다. 그러니 이 목록은 그리 오래 조사해서 만든 것 같지는 않다. 뭐, 불평하는 건 아니지만.

확인할 때마다 조회수가 늘어 있었다. 내가 수업시간에 어찌나 폰을 자주 들여다봤던지 로빈슨 선생님께 학교 마칠 때까지 폰을 압수당했다. 마침내 폰을 돌려받았을 때는 무슨 오류가 생긴 게 아닌가 싶었다. 조회수가 15,000뷰를 찍은 것이다.

집에 왔을 때는 20,000뷰까지 올랐다. 현재 시각 밤 10시, 조회수는 30,000뷰를 넘었다.

바로 이거다. 드디어 입소문이 난 거다.

자, 자, 진정하고. 이제 그만 자야 한다, 조회수 생각은 그만하고, 자야 한다. 조회수 생각은 이제 그만.

새벽 1시
현재 조회수 45,000뷰. 예에!

4월 5일 수요일

현재 60,000뷰 초과. 점심시간에 엠마한테 말하려 했지만, 스완즈 패밀리와 함께 앉아 있던 엠마는 나를 싹 무시했다.

스완즈는 정말 찌질한 이름이다. 패밀리 짱인 재스민이 영화 '트와일라잇'의 여주인공 벨라 스완을 닮았다고 해서 그렇게 불린단다. 재스민은 벨라 스완을 전혀 닮지 않았다. 그 여배우처럼 아랫

입술을 늘 깨문다는 점만 빼면. 내 생각에 그 이름은 비웃음거리인데 개들은 그걸 칭찬으로 받아들인다.

엠마와 재스민을 빼고 나면 그레이스밖에 없다. 원래는 클로에라는 애도 있었는데 '교복 없는 날'에 학교 구두를 신었다는 이유로 쫓겨났다. 그것만 봐도 개들이 얼마나 못됐는지 알 만하다. 공정한 평가를 위해 하는 말인데, 엠마는 학교에서 자기를 보면 친구인 것처럼 굴지 말라고 나한테 말했었다. 그것도 우리 집에 처음 왔을 때. 하지만 데스티니 연기를 하는 동안의 엠마는 너무나 다정해서 나는 진짜 엠마가 어떤 애인지를 잊어버리곤 한다.

점심시간에 엠마 맞은편에 앉아서 "안녕" 하고 인사하니, 엠마는 다른 스완들이 그러듯 나를 외면했다. 나는 멋 부리듯 입술만 깨물고 있는 스완들한테 웃긴다고 말해주고 싶었지만, 그냥 탁자를 내려다보며 도리토스를 먹었다.

결국 기쁜 소식을 나 혼자 간직할 수밖에 없었다. 엠마가 이런 식으로 나온다면, 우리가 유명해지고 있다는 걸 알 자격도 없고, 그로 인해 굴러들어올 수입의 부스러기조차 얻을 자격이 없다. 내가 수백만 달러를 벌어들일 동안 엠마는 출연료 10달러나 먹고 떨어지라지.

만약 그때 가서 엠마가 불평한다면 나도 딴청 부리면서 안 들리는 척할 거다. 바로 스완즈 스타일로.

오후 8시

저녁 내내 게일 비디오에 달린 댓글을 몽땅 읽고 있는데 이런 게 보였다 :

> **? 잭 C**
> 사기

깜짝 놀라서 키보드 위에다 환타를 뿜고 말았다. 이게 우리한테 한 말 맞나? 다른 사람들은 모두 엠마와 캘럼을 확실히 믿는 것처럼 보였다. 근데 이 녀석은 어떻게 눈치챈 거지?

잭 C의 프로파일을 클릭해보니 최근 활동이 이렇게 나왔다.

최근 활동

잭 C 학교 구내식당에 불을 지른 미친 학생들 비디오에 댓글
사기

잭 C 상어 습격으로 한 팔을 잃은 소년 비디오에 댓글
사기. 0:55에 고무 팔인 거 보임. 팔이 저렇게 구부러질 리가 없음.
연출임

잭 C 편의점 유리창을 뚫은 여자 비디오에 댓글
사기

잭 C 웬디스 민폐녀 비디오에 댓글
사기. 저 여자 배우임

잭 C 1969년 달 착륙 비디오에 댓글
사기. 달엔 공기가 없기 때문에 깃발이 흔들릴 수 없음. 영화 스튜디
오에서 촬영된 것임

다행이다. 잭 C는 자기가 본 건 죄다 사기라고 주장하는 녀석이
니까. 게일과 데스티니 팬들이 보내는 사랑의 물결에 잭 C의 댓글
은 곧 씻겨 내려갈 거다.

위기는 끝났다. 휴우~

4월 6일 목요일

지난번 비디오는 현재 80,000뷰를 찍었다. 이 정도면 내 팬들로 경기장을 채우고도 남겠다. 어쩌면 사람을 하나 고용해서 엠마와 캘럼의 위스퍼 게임을 현장에서 진행해야 할지도 모르겠다.

저녁거리를 방으로 갖고 와서 댓글을 읽으며 먹고 있는데, 엄마가 내려와서 식기세척기를 돌리라고 했다. 팬을 80,000명이나 거느린 사람이 아직도 그런 집안일을 한다는 건 부당해 보인다. 그런 허드렛일을 처리해줄 도우미를 하나 고용할까.

온라인에서의 성공은 야릇한 일이다. 몇 분 전만 해도 수천 명의 팬들을 향해 방송하던 사람이 몇 분 뒤 흐물흐물한 브로콜리를 음식물 쓰레기통에 긁어 넣고 있다니.

4월 7일 금요일

오늘 아침 데스티니는 '스파클 스마일즈'라는 사람에게서 메시지를 하나 받았다 :

안녕, 데스티니! 우린 네 브이로그가 정말 마음에 들어. 네가 우리 브랜드에 딱 맞는 사람이라고 생각해. 만약 근사한 PR 거래에 관심이 있다면 네집 주소를 이메일로 바로 보내줘.

'스파클 스마일즈'가 뭘 하는 사람인지, 내가 뭘 해주길 원하는지는 알 수 없었다. 하지만 'PR'과 '거래'라는 단어를 보면 돈과 관계된 것이 분명했고, 그래서 당연히 관심이 있다고 답장을 보냈다.

4월 8일 토요일

아침 일찍 초인종 소리에 잠이 깼다. 몇 분 뒤 아빠가 어마어마하게 큰 '스파클 스마일즈' 상자를 방으로 가지고 왔다. 내가 상자를 열려고 낑낑대는 동안 아빠는 쓸데없는 물건에 돈을 낭비하는 것에 대해 강의를 늘어놨다.

마침내 안을 들여다보니 뽁뽁이로 칭칭 감싼 하얀 상자 여덟 개가 보였다. 상자 속에는 금빛의 자그마한 별과 반달, 하트, 돌고래가 들어 있었다. 얼핏 귀걸이 같아 보였지만 아무것도 붙어 있지 않았다.

상자 바닥에 자그마한 접착제 병과 편지 한 통이 있었다.

데스니티에게

우리 제안을 받아줘서 정말 기뻐. 동의의 대가로 스파클 스마일즈 치아 액세서리를 무료로 동봉했어. 다음번 비디오를 찍을 때 그걸 붙이고 자연스럽게 시선을 끌어준다면 좋겠지. 입술을 살짝 올리고 이렇게 말하는 거야. "이 스파클 스마일즈 액세서리가 완전 유행이래. 나 같으면 스파클스마일즈닷컴에 가서 당장 살 거야. 다시 말하지만 스파클스마일즈닷컴이야."
이게 너의 브랜드에 안 맞다는 생각이 들면 상자를 개봉하지 말고 착불로 반품하면 돼.
동의해줘서 정말 고맙고 너도 우리처럼 기대감을 가지길 바랄게.

펠리시티 해밀턴 존슨
소셜 마케팅 매니저
스파클 스마일즈

상당히 실망스러웠다. 이를 어쩌지. 허접한 액세서리보다 돈을 주는 게 훨씬 좋은데. 하지만 다른 한편으로는 내 브이로그가 벌써 '소셜 마케팅 매니저' 직함을 가진 사람의 관심을 끌었다는 사실이 무척 기뻤다. 그리고 내 방에서 만들어진 비디오가 '브랜드'로 불리는 사실이 너무 놀라웠다.

이미 상자를 열어버렸으니 반품은 할 수 없다. 하지만 치아 액세서리는 정말 끔찍했다. 한번 써보려 했지만 계속 떨어졌고 내 입이 편지봉투가 된 느낌이었다.

어쩌면 학교에서 그걸 팔아서 돈을 좀 벌지도 모르겠다. 하지만 다들 나를 좀 이상하다고 생각하는 마당에, 세계 최악의 저질 갱스터 래퍼처럼 보이게 만들 허접한 액세서리를 팔려고 하다간 영원히 왕따가 되고 말 거다. 내가 왜 동의를 했을까?

4월 9일 일요일

좋다. 원칙대로 하는 거다. 나는 싸구려 액세서리로 입 안을 채우기 위해서가 아니라 뉴욕 여행 경비를 마련하기 위해 이 브이로그를 시작한 거다. 나는 온라인 마케팅 용어를 조사했고, 대금 지불을 요구하는 이메일을 써서 내가 만들어낸 데스티니 계정으로 보냈다.

From : 데스티니
4월 9일 일요일, 19:32
To : 펠리시티 해밀턴 존슨

펠리시티 해밀턴 존슨 씨께,

스파클 스마일즈 치아 액세서리를 보내주셔서 대단히 감사합니다. 알고 계시겠지만 제 브이로그에는 100,000명이 넘는 고정 시청자가 있습니다. 따라서 저와의 거래는 핵심 고객층에 도달할 수 있는 특별한 홍보 기회가 될 것입니다.

그러므로 간접광고에 대한 표준 비용을 적용하겠습니다. 귀사의 치아 액세서리 언급에 대한 비용은 100달러입니다. 유감스럽지만 협상은 불가합니다. 제 채널은 최상위 전문 사무직 소비자들과 통하고 있으므로 이것이 공정한 비용이라는 데 동의하실 거라고 확신합니다.

동의하신다면 제 비서의 이메일에 링크된 은행 계좌로 대금을 입금하시기 바랍니다. oliviajdwarren@gmail.com

데스티니 드림

4월 10일 월요일

오늘 오후 역사 시간에 폰으로 답장이 왔다.

From: 펠리시티 해밀턴 존슨
4월 10일 월요일, 14:02
To: 데스티니

좋아요. 지금 송금합니다.

FHJ

그게 다였다. 은행 계좌를 조회하니 돈이 들어와 있었다. 너무 충격을 받아 연습 문제에 집중할 수가 없었다.

돈을 버는 게 이렇게 쉽다고? 난 평생 용돈을 한 푼이라도 더 받으려고 구걸하며 살아왔는데, 이 펠리시티라는 여자는 어딘가에서 불쑥 튀어나와 공짜로 돈을 줬다!

만약 더 많은 돈을 제안했다면 어떻게 됐을까? 펠리시티는 100 달러에 즉각 동의했다. 두 배를 요구했다면 어땠을까? 세 배였다면? 더 많았다면? 이 사람들은 과연 얼마나 많은 돈을 뿌려대는 걸까? 다음에 이거랑 비슷한 제안을 받게 되면 그때는 더 세게 나가야겠다.

그동안은 거래에 필요한 내 역할을 해내야 한다. 이제 간접광고를 교묘하게 담을 수 있도록 대본을 쓸 시간이다.

4월 11일 화요일

4월의 잇템 ☆ 데스티니

모두들 안녕. 오늘은 요즘 내가 아끼는 아이템들에 대해 잠깐 얘기해볼까 해. 첫째는 내가 정말로 완전 아끼는 밤색 스컬프팅 브로우 마스카라야. 한번 써볼게... 어때. 바로 이거지. 끝.

[엠마는 마스카라를 보여줄 때 금속 별, 반달과 돌고래를 이에 붙이고 있었다. 그런데 그것들이 자꾸만 키보드 위로 떨어져내려서 네 번이나 다시 촬영해야 했다.]

다음으로 이번 달에 내 마음을 사로잡은 건 바로 이 스파클 스마일즈 치아 액세서리야. 장담하는데 이건 틀림없이 대박날 거야. 스파클스마일즈닷컴 웹사이트에서 찾을 수 있어. 이에 전혀 해롭지 않은 접착제도 함께 줄 거야. 빛을 받아 반짝이는 것 좀 봐~ 진짜 귀여워. 한번 해 봐!

[여기서 엠마가 카메라를 향해 입술을 살짝 올려 액세서리를 보여주게 했다. 그러자 그것들이 또 한꺼번에 떨어져내렸지만, 내가 예술적으로 컷을 했기 때문에 무사히 다음 '4월의 잇템'으로 넘어갈 수 있었다.]

이제 비디오를 업로드 했으니 책임은 다했다고 생각한다. 치아 액세서리는 4월의 잇템 5가지 중 하나일 뿐이고, 나머지 아이템들은 모두 고퀄리티 상품이다. 그러니까 가책은 20%만 느끼면 된다.

문제는 엠마가 접착제의 맛에 너무 화가 나서 평소처럼 연기에 몰입할 수 없었다는 거다. 엠마의 연기는 생기가 없었고 내가 한

번 더 찍자고 할 때마다 계속 집에 가고 싶다고만 했다.

촬영이 끝나자 엠마는 씩씩대며 가버렸다. 그래서 댓글이 올라올 때 엠마가 읽어주는 실시간 스트리밍을 할 수가 없었다. 그렇게 된 데는 내가 엠마한테 현금 대신 치아 액세서리를 주겠다고 제안한 탓도 있다. 그래도 뭐 해볼 만한 제안이었다.

오후 10시

지금까지 비디오는 조회수 1,752뷰를 찍었고 '좋아요'를 143개밖에 못 받았는데, 이건 평소보다 훨씬 적은 숫자다. 심지어 '싫어요'도 37개나 받았다. 평소에는 10개 이하인데. 댓글의 내용도 상당히 다양했다 :

 X 케이티 X
노잼

 레아 예예
네 비디오 다 좋아. 계속 올려줘. 데스티니 팬덤 포에버

 클로에 C
치아 액세서리 괜찮은데?

 앙마 리암 13
황금 시금치 씹는 것 같다. 잇새에나 끼어버려라

짱근사한케이트
내 비디오덜 고마어

 설명충 개미
훌륭하군. 단어 세 개에 맞춤법 세 개밖에 안 틀렸어

 짱근사한케이트
그래 너 잘나따

 OMG 에이미
0:15 슈퍼컬링 블랙 마스카라로도 이렇게 될까?

 핀 펀
어떤 경우에도 슈퍼컬링 블랙 마스카라로 그런 시도 하지 마라. 너와 가족의 삶이 위험해질 거다

 플래닛 케이트
게일은 언제 컴백?

4월 12일 수요일

이제 치아 액세서리에 대해 죄책감을 느끼기 시작한다. 팬들 중에 아무도 그걸 사지 않았으면 좋겠다.

아무튼 이제 그 생각은 그만해야 한다. 내일 비디오의 대본을 써야 하니까.

데스티니와 게일을 최대한 사랑스럽게 그려야 한다. 그래야 몇 주 뒤에 걔들을 헤어지게 만들 때 팬들이 훨씬 더 당황할 테니까.

아, 내가 그 눈부신 커플을 곧 깰 거라고 말하지 않았었나? 팬들이 그 일에 대해 많이 얘기할수록 더 많은 사람들이 브이로그를 찾아볼 것이고, 그럼 조회수가 팍팍 치솟을 테니까. 음하하하.

4월 13일 목요일

서로 알아가는 방법 ☆ 데스티니

모두들 안녕! 너희들이 원하던 사람이 여기 있네. 단 하나뿐인 나의 게일이 돌아왔어! 짜잔!

[이때 캘럼이 훌쩍 뛰어들어와 엠마 옆의 의자에 앉기로 설정했다. 하지만 캘럼은 균형을 잃고 바닥에 주저앉고 말았다. 엠마는 간신히 캐릭터를 유지하면서 소리쳤다. "오, 이런! 내가 괜히 그렇게 등장하라고 고집 부렸나 봐!"]

오늘 우린 '서로 알아가는 방법'이라는 게임을 할 거야. 이건 정말 정말 간단해. 난 게일한테 나에 대한 질문을 하고, 게일은 나한테 자기에 대한 질문을 해서 누구든 더 많이 틀린 사람이 선물을 사주는 거야. 너희도 집에서 남친, 여친, 여동생, 아니면 오빠, 베프하고 한번 해봐.

엠마와 캘럼이 의자 사건으로 빵 터지는 바람에 다섯 번이나 촬영을 하고서야 겨우 비디오를 편집할 수 있었다.

원래 내 대본은 이랬다. 둘 다 모든 질문에 정답을 맞힌다. 그리고 마지막 질문에 가서, 데스티니가 가장 좋아하는 색깔이 뭐냐는 질문에 게일이 정답(보라색) 대신 초록색이라고 답한다. 게일은 화를 막 내는 데스니티한테 하트를 안은 보라색 테디베어를 주면서 자기가 정답을 알고 있었다는 걸 증명해 보인다.

문제는 둘이 하도 웃어대는 바람에 대본의 반도 연기를 못 했다는 거다. 촬영하는 동안 나는 정말 화가 많이 났다. 그 대본을 완벽하게 다듬느라 엄청난 시간을 투자했기 때문이다. 하지만 함께 비디오를 편집해보고선 잘 나왔다는 걸 인정할 수밖에 없었다. 걔들이 내 버전에 충실했다면 이것보다 별로였을 거다.

명심해야 할 게 있다. 사람들은 진짜를 원하기 때문에 브이로그를 보는 것이다. 가짜를 원한다면 근육질의 사나이가 폭발하는 차에서 슬로모션으로 걸어 나오는 블록버스터 영화를 보면 된다. 엠마와 캘럼이 즉흥적으로 하는 연기가 자연스러우면, 내 계획과는 상관없이, 그걸 비디오에 담아야 하는 거다.

이 비디오는 순식간에 조회수 5,000뷰를 달성했다. 팬들은 치아 액세서리 비디오보다 이걸 훨씬 더 좋아했다.

 픽시 선샤인
완전 좋아

 파피 M
어떡해 어쩜 좋아...

 알렉산드라 러브 하트
0:15 웃겨 죽을 뻔

 느금마 카니예 웨스트
레알 토할 것 같다

 픽시 선샤인
응 신경 안 써

 느금마 카니예 웨스트
꺼져

 클로에 C
최강 귀욤 커플 #게스티니

샤우팅 로렌
게일 너무 귀엽다 게일 나올 때 심쿵 비명 지를 뻔 게일은 뭘 해도 너무 핫한 거 같아 ㅋㅋㅋ

 레아 예예
너희들 깨지면 절대 안 돼

 괴짜소녀
그걸 말이라고...

 픽시 선샤인
깨지면 난 죽고 말 거야

 애비게일
싫어요 4개??? 대체 누구임???

 앙마 리암 13
나

오후 10시

이제 예전 학교 친구들은 몽땅 내 문자에 답을 끊었다. 제스, 샘, 한, 스테프한테 마지막 문자를 보냈는데 아무도 대답하지 않았다. 스테프야 그렇다 치고 다른 애들은 최소 이모티콘 정도는 보내줄 거라고 생각했는데... 하긴 이젠 나한테 궁금한 게 별로 없겠지.

이제 뭔가 결단할 때가 되었다. 안 그러면 내가 너무 간절하게 매달리는 것처럼 보일 테니까. 예전 학교 친구들아, 이제 안녕이다.

오지도 않는 답장을 기다리는 대신 이제 데스티니 팬들이 올린 댓글을 읽으면 된다. 나는 이 사람들을 만난 적도 없고, 심지어 우리나라에 살지 않는 사람도 많다. 그런데도 사람들은 나한테 글을 쓰는 수고를 아끼지 않는다. 내가 아니라 데스티니한테 쓰는 거지만, 어쨌든.

4월 14일 금요일

어제 친구를 사귀어야 할 필요성에 대해 썼는데, 바로 오늘 화학 시간에, 낯선 애가 내 옆자리에 앉았다. 하지만 문제는 이거다. 그 애는 내가 결코, 절대로, 함께 시간을 보내고 싶지 않은 그런 애였다.

나는 항상 맨 앞자리에 앉는다. 거기만 빈자리이기 때문이다. 스완즈 패밀리는 맨 뒷자리에 앉고, 나머지는 가운데 자리에 앉는다. 그래서 나는 맨 앞자리에 가는 수밖에 없다. 마치 공부벌레나 되는 것처럼.

혼자 앉는 데 익숙한 나는 항상 옆자리에 가방을 놓아둔다. 그런데 오늘 세바스찬이라는 남자애가 내 옆자리가 비어 있는지 물어왔다. 가방을 바닥으로 내려놓는 순간, 그 애의 입냄새가 나를 덮쳤고 나는 가방을 치워준 걸 후회했다.

세바스찬한테서는 치즈볼 냄새가 났다. 그 애가 말을 거는 순간 내 추측은 사실로 드러났다. 그 애의 치아 교정기와 치아 사이에는 살구색 부스러기들이 끼어 있었다.

세바스찬이 하는 말은 냄새 뺨칠 만큼 짜증스러웠다. 그 애는 그게 뭐든지 뻐기지 않고는 못 배기는 그런 유형의 아이였다.

세바스찬은 지난번에 볼링에서 퍼펙트게임을 달성한 일, 3년 전 수학 시험에서 최고점을 획득한 일, 천부적인 재능 때문에 점심시간 코딩 클럽에서 컴퓨터 사용을 금지당한 일에 대해 떠벌렸다. 잘났다, 그래. 하지만 그런 것들이 네 입냄새를 용서해주지는 못하거든.

나는 그 애를 등지고 내 시험지만 쳐다봤지만 그 애는 정말 눈치도 깡이었다. '콜 오브 듀티' 게임의 상급 레벨을 끝낸 것에 대해 계속 떠들어댔다. 나는 게임엔 전혀 관심이 없다고(번역: 닥쳐 제발 닥쳐 닥치라고) 말했지만 그 애는 계속 지껄여댔다.

세바스찬한테 잔인하게 굴고 싶지는 않았다. 하지만 계속 그 애를 상대해줬다가는 수업 시간마다 내 옆자리에 앉을 것이고 그러다가 점심시간까지도 내 옆자리에 앉을 거다. 그러면 모두들 나한테서도 치즈볼 냄새가 난다고 생각할 테고 우리는 치즈볼 커플이 될 테고 내 인생은 거기서 끝이다. 이건 지나치다는 걸 나도 안다. 하지만 학교는 그런 식으로 돌아가는 곳이다.

오후 6시

오빠가 내 방에 불쑥 들어오더니, 내가 브이로거 주작질을 하는 걸 다 들어서 알고 있다고 말했다. 내가 사람들한테 거짓말을 하고 있는 걸 부모님께 알리겠다고 협박했다. 나도 지지 않고 오빠가 쇼핑센터에서 종이 타월로 세면대 구멍을 막았던 걸 이르겠다고 맞섰다. 자기가 저지른 온갖 멍청한 짓들을 떠벌리고 다니는 오빠 덕분에 나는 살맛이 난다. 오빠를 협박할 건수가 모자랄 일은 결코 생기지 않을 테니까 말이다.

오후 10시

멍청한 오빠 덕분에 저녁 내내 내가 데스티니 팬들을 현혹시키고 있는 건 아닐까 고민하게 되었다. 브이로그가 하도 빨리 뜨는 바람에 그동안은 그런 생각을 못 해봤다.

그래. 내가 얻은 결론은 이렇다.

대부분의 사람들은 온라인에 자신들의 가짜 버전을 올린다. 멋지게 차려입고 놀러 나갈 때는 페이스북이나 인스타그램에 포스팅을 한다. 하지만 집에 처박혀 혼자 영화를 보거나 고양이를 괴롭히는 것을 포스팅 하지는 않는다. 또 많은 유명인들은 하수인에게 자기 트윗을 대신 쓰게 하거나, 기타 등등 많은 것들을 대신 하도록 시킨다. 내가 하는 것도 이런 것들과 크게 다르지 않다.

팬들이 브이로그를 즐기는 한, 그것이 사실인지 아닌지는 중요하지 않다. 걱정 끝.

4월 15일 토요일

찰리 오빠의 협박이 계속 마음에 걸려서 부모님께 모든 걸 먼저 고백하기로 결심했다.

부모님께 실은 엠마, 캘럼과 함께 연극 연습을 한 것이 아니라 브이로그를 녹화했다고 털어놓았다. 우리는 데스티니라는 캐릭터를 만들었는데 팬들 중 일부는 데스티니를 실제 인물로 생각한다. 하지만 온라인에서 실제라고 하는 것들 대부분이 사실은 가짜임을 다들 알기 때문에 별로 심각한 일은 아니라고 설명했다.

나는 부모님이 '떳떳하지 못함'에 대해 강의를 시작할 거라고 생각했다. 하지만 부모님은 별로 개의치 않는 것 같았다. 두 분 중 누구도 브이로그가 뭔지 몰랐다. 내 생각에 부모님은 브이로그를 짧은 영화 같은 것으로 생각하는 것 같았다. 대신에 우리는 엄마가 늘어놓는 지루한 얘기를 끝까지 앉아서 들어야 했다. 엄마가 속한 아마추어 연극 동호회는 몇 년 동안 끔찍한 연극과 뮤지컬만 했지만 그게 엄마의 취미엔 긍정적인 역할을 했다, 뭐 그런 얘기였다. 그러니까 엄마는 내가 일종의 '브이로그 영화'를 쓰고 캐스팅도 스스로 한 것에 정말로 감명을 받은 것이었다. 엄마는 심지어 내일 엠마와 캘럼이 오면 간식을 갖다 주겠다고까지 했다.

내 자백은 뜻밖의 수확도 거두었다. 녹화를 할 때 오빠가 어떻게 방해했는지 말하자 부모님이 오빠를 마구 야단쳤다. 하하.

4월 16일 일요일

엄마의 간식 제안을 받아들이지 말았어야 했다. 엄마는 의도적으로 우리가 대본 연습을 끝낼 때까지 기다렸다가 불쑥 들어왔다. 엄마는 애들한테 간식을 권하지도 않고, 연극 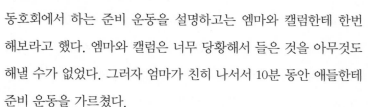 동호회에서 하는 준비 운동을 설명하고는 엠마와 캘럼한테 한번 해보라고 했다. 엠마와 캘럼은 너무 당황해서 들은 것을 아무것도 해낼 수가 없었다. 그러자 엄마가 친히 나서서 10분 동안 애들한테 준비 운동을 가르쳤다.

우리에겐 눈곱만큼도 소용없는 것이었다. 비디오 찍을 소중한 시간만 낭비했을 뿐이다.

내가 엄마를 겨우 몰아내고 나서야 우리는 새 비디오를 찍을 수 있었다. 엠마와 캘럼은 늘 그러듯이, 처음에는 괜찮게 연기했다. 하지만 같은 장면을 몇 번 더 다시 찍자고 하자 우리 엄마의 준비 운동에 진이 다 빠져버렸다는 이유로 거부했다.

게일의 화장 서비스 ☆ 데스티니

얘들아 안녕! 당황하지 마. 너희들 모니터 화면에 문제 생긴 거 아니니까. 내가 오늘 화장을 안 한 것뿐이야. 내 민낯 끔찍하지? 게일이 화장을 해주겠다고 해서 안 했는데, 으으으! 이 일을 어떡하지?

[이 비디오를 위해 엠마한테 화장을 지우라고 설득하는 데 무척 애를 먹었다. 나는 이렇게 설득했다. 명색이 배우라면 당연히 중요한 역할을 위해 자신을 포기할 각오를 해야 한다, 오스카 상을 받

고 싶다면 불사의 몸을 얻기 위해 몸부림치는 볼드모트보다 더한 모습도 만들 수 있어야 한다...]

게일: 맹세하는데, 난 아이라이너라는 걸 만져본 적도 없어. 이건 미친 짓이야.
데스티니: 알았으니까, 내 눈에 날개 라인이나 그려줘. 내 말 못 알아듣지, 그지?
게일: 지금 날 무시하는 거야? 끝낼 때까지 기다려보고, 그때 가서 디스하든지.

엠마와 캘럼을 위해 완벽한 대본을 썼지만 둘은 바로 즉흥 연기를 시작했다. 나는 지난번 비디오에서 얻은 교훈을 기억하고 둘을 내버려뒀다. 게일은 엠마의 눈 밑에 예쁜 선을 그리려 했지만 실패했고 결국 검은 얼룩이 번지고 말았다. 그래서 엠마가 판다처럼 보였다.

캘럼과 엠마는 얼굴에 립스틱을 너무 많이 발라서 괴기스러운 광대들처럼 보였다. 하지만 비디오가 끝날 무렵, 둘은 그냥 사랑스러운 커플에서 꿈처럼 이상적인 커플로 변했다. 치즈를 잔뜩 먹어서 기분이 좋을 때 꾸는 달콤한 꿈속에 나올 법한 그런 커플 말이다.

비디오는 한 시간 만에 '좋아요'를 547개나 받았다. 치아 액세서리 비디오가 여태까지 쭉 받은 것보다 훨씬 많았다. 그리고 댓글도 아주 긍정적이었다 :

레아 예예
우앙~ 아름다운 커플이당. 네 얼굴은 화장 안 해도 전혀 안 끔찍하니까 그런 소리 마

데스티니는완벽해
데스티니는 화장 안 해도 완벽해

알렉산드라 러브 하트
데스티니 & 게일 ♡♡♡

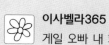
이사벨라365
게일 오빠 내 화장도 해줘ㅜㅜㅜㅜ

OMG 에이미
나도ㅜㅜㅜㅜ♡

핀 펀
넌 진짜 구제불능이다. 게일이 화장해줘도, 안 해줘도

파피 M
ㅂㄷㅂㄷ

xx패션걸xx
#ㅋㅋㅋ #ㅋㅋㅋ #설마

샤우팅 로렌
이거 보고 정말 울 뻔했어 다들 닥쳐 난 상관없어

프리야 하츠 브이로그
데스티니와 게일 퍼감

 문법 수호신
뭘 퍼간다고? 이게 말이 돼?

 프리야 하츠 브이로그
당연하지. 마음이 따뜻한 사람만 아는 말이거든. 너 배고
다 알걸^^

 핀 편
나라면 남극에다 퍼가겠음

4월 17일 월요일

아빠가 밤에 내 방으로 와서 브이로그가 어떻게 돼가냐고 물었다. 아빠가 그 단어를 정확히 기억하고 있다는 사실에 너무 놀라서 말이 안 나왔다. 아빠는 내가 얼마나 많은 웹 히트를 기록했는지, 아이패드엔 브이로그를 아직 안 올렸는지 물었고, 그제야 나는 아빠가 왜 그러는지 이해했다.

예나 지금이나 아빠는 신문에 최신 유행에 대한 기사가 나면 내 취미에 대한 관심의 표현으로 그 기사를 읽는다. 딸에 대한 애정 때문이라는 걸 알지만 한편으론 약간(많이) 당황스럽다.

아빠는 새로 익힌 현대적인 용어를, 단어의 순서가 좀 바뀌긴 해도 그럭저럭 정확하게 말해낸다. 내가 아빠의 축구팀에 대해 말하려는 경우와 비교해본다면 어떨 때는 아빠가 나보다 더 낫다. 하지만 아빠가 그럴 때면 뺨이 너무 후끈거려서 찬물을 끼얹어야 할 정도다. 잘했어요, 아빠. 관심 가져주셔서 고마워요. 하지만 이제 유행 전문가 행세는 그만하셔도 돼요. 이러다 내 손발이 다 오그라들겠어요.

4월 18일 화요일

오늘 아침 데스티니 채널로 또 다른 광고 제의가 들어왔다. '팍시톨린 슬리밍 크림'이라는 이름의 체중 감량용 크림이었다. 구글에서 검색해보니 모든 리뷰가 그걸 쓸모없는 물건으로 평가했다. 어떤 여자는 그것 때문에 발진이 생겼다고 했고 또 다른 사람은 그걸 바르면 화장실 바닥 냄새가 난다고 했다. 그런 물건을 팬들한테 떠밀 수는 없다. 그런 걸 자기 몸에 바르고 싶은 사람이 과연 있을까?

나는 바로 팍시톨린에 답장을 보냈다. 상품이 내 브랜드에 맞지 않다고 했다. 어떻게 이런 물건을 십대들에게 내놓을 수 있냐는 말을 더 하고 싶었지만 프로답게 행동하기로 했다. 그런데 이런 답장이 왔다 :

긍정적인 리뷰를 해주시면 500달러를 기꺼이 지불하려고 했는데 아쉽네요. 만약 생각이 바뀌면 집 주소와 지급 명세를 보내주세요.

이제 어떻게 해야 할지 모르겠다.

500달러는 큰돈이다. 그 정도면 뉴욕 항공료로 충분하다. 난 그냥 다음 비디오에 슬리밍 크림에 대한 좋은 리뷰를 슬쩍 흘리기만 하면 된다.

나는 뉴욕에 가기 위해 브이로그를 시작했다. 이 거래를 받아들인다면 이미 뉴욕 여행은 이뤄진 거나 마찬가지다. 갔다 온 뒤 데스티니 계정을 삭제하고 예전처럼 살아가면 그만이다. 하지만 그전에 팬들을 속여서 피부를 태우고 화장실 바닥 냄새를 풍기는 크림을 사게 만들어야 한다.

그러고도 내가 정말로 잘 살아갈 수 있을까? 난 사실 빼빼 마르진 않지만 그런 물건에는 관심이 없다. 그런 걸 홍보해서 부당한 이익을 얻고 싶지는 않다.

그래도 500달러는 큰돈이다. 딜레마.

4월 19일 수요일

이건 아니다.

시청자들이 내 채널에 뜨는 광고를 클릭할 때 받는 광고 수입이 오늘 처음으로 들어왔는데, 고작 27.56달러였다.

이런 속도라면 뉴욕 여행비를 저축하는 데 몇 년은 걸리겠다. 그냥 눈 딱 감고 다이어트 크림을 홍보해주고 그 일을 잊어버리고 사는 게 낫지 않을까 진지하게 고민 중이다.

4월 20일 목요일

오늘 저녁에 다이어트 크림 거래를 받아들일 뻔했다. 하지만 그러기 직전에 치아 액세서리 비디오를 확인해봤다. '싫어요'가 406개 늘었고 '좋아요'는 15개밖에 늘지 않았다. 그리고 신경 쓰이는 새 댓글이 많이 달려 있었다 :

xx패션걸xx
세상에 우린 정말 비슷해. 스파클 스마일즈 당장 주문해야지!

크레이지 케이틀린 2001
비디오 보고 치아 액세서리 한 팩 샀어. 음식 먹는데 한 개가 떨어져서 치아 충전물에 금이 갔어. 왜 이게 좋다고 한 거야?

클로에 C
학교에 치아 액세서리를 하고 갔는데 모두들 쿨한 척한다고 놀리더라. 그리고 학교 복장 규정에 걸렸는데 그걸 떼어낼 수 없어서 강제 조퇴를 당했어. 그거 없애려고 치과 예약했어.

불타오르는제이든
치아 액세서리가 어제 도착했어. 그거 붙이려고 접착제를 너무 많이 썼더니 구역질이 나서 교실에서 사고를 치고 말았어. 이거 절대 사지 마.

이런 댓글들을 읽으니 두려워졌다. 애들은 처음부터 내 브이로그에 줄을 섰던 팬들인데 내가 얘들한테 어떻게 보답한 거지? 나는 얘들을 속여서 쓸모없는 쓰레기를 사게 만들었고, 그 결과 얘들은 가까운 치과나 화장실로 달려가야 했다.

얘들한테 슬리밍 크림을 사라고 또 말할 수는 없다. 그럴 수는 없다.

썩 내키진 않았지만 팍시톨린 관계자들에게 답장을 보내, 여전히 그 제품은 내 브랜드에 맞지 않는 것 같다고 말했다. 자판을 하나씩 칠 때마다 뉴욕이 점점 더 멀어져가는 것 같았다. 그래도 그렇게 하고 나니 흐뭇했다.

4월 21일 금요일

더 이상 의심스러운 상품을 소개해서 돈을 벌지는 않겠다. 오직 광고 수입을 통해서만 여행비를 벌 생각이다. 그러려면 고작 몇 천 개가 아니라, 몇 백만 개의 뷰를 얻을 만한 비디오를 더 많이 만들어야 한다.

게일과 데스티니 커플을 깨는 일을 더 이상
미룰 수 없다. 다음 비디오에서 그렇게 해야겠다.

4월 22일 토요일

아침 아이메이크업 ☆ 데스티니

얘들아 안녕. 오늘은 아침에 하는 아이메이크업을 소개할게. 이건 또
끔찍한 민낯으로 시작해야 한다는 뜻인데. 얘들아 미안!

먼저 밝은 컨실러로 시작하는데 그걸 눈 아래에 살짝 발라. 난 늘 이
렇게 큰 브러시를 쓰는데 눈에 들어가지 않도록 조심해야 해, 특히 방금
눈을 떴다면. 안 그랬다간 어떻게 되는지 다들 잘 알 거야. 그리고 3분
안에 화장을 마쳐야 해. 안 그랬다간 스쿨버스를 놓치는 대참사가 닥칠
테니까.

[이 대본을 쓰기 위해 엠마한테 아이메이크업에 대해 물어봐야
했다. 나는 아침에 아이메이크업을 하지 않으니까. 나는 화장하고
안 친하다. 화장만 했다 하면 모든 사람이 나를 뚫어져라 쳐다보

는 것 같다.]

　다음은 아이섀도 차례. 빳빳한 반원형 브러시로 눈의 결을 따라 바깥쪽으로 아이섀도를 펴 발라. 잘 보이도록 화면 가까이 갈게.
　그러고 나서 아이라인을 그려. 일반적인 아이펜슬을 써서...
　어라, 전화가 왔네. 그냥 수신 거부할게...
　어어... 게일이네. 그래, 이건 받아야겠어. 얘들아, 잠깐만 기다려줘.

[이 대목에서 엠마는 연기 학원에서 배운 방법을 써서 울기 시작했다. 정말로 슬픈 일을 생각하면 된다는데, 나는 다이어트 크림 홍보를 포기함으로써 놓쳐버린 500달러를 생각했다.]

　미안해. 지금은 계속 못 할 것 같아. 게일이 전화했는데... 이걸 어떻게 말해야 할지 모르겠네...
　게일이 헤어지고 싶대.
　미안해. 나한테 잠깐만 시간을 줘.

[나는 엠마가 조금 더 우는 동안 다시 컷을 했다. 오빠가 자기 방에서 웃어대는 소리 때문에. 오빠의 웃음소리는 숨이 넘어가는 물개 소리 같아서 정말 짜증스럽다. 하지만 엠마는 가까스로 마스카라가 뺨에 흘러내리게 만들었다. 정말 극적인 연기였다.]

게일은 거리를 좀 두고 싶대. 나 말고 자기 자신한테서. 자기가 지금 있는 곳이 올바른 자리가 아닌 것 같대.

얘들아, 이제 그만 찍어야겠어. 하지만 댓글은 계속 올려줘. 댓글은 나한테 아주 소중하니까.

엠마는 캐릭터에 너무 몰입한 나머지 녹화가 끝난 뒤에도 계속 슬픔을 느꼈다. 나는 티슈를 가지고 와서 30분 동안 엠마가 얼마나 근사한 사람인지 말해줬다. 결국 엠마는 기운을 되찾고 이렇게 멋진 대본을 써줘서 고맙다고 했다. 얘가 학교 식당에서 나를 싹 무시하는 그 애라는 사실이 믿어지지 않았다.

저녁에 비디오를 업로드 하고 식사를 하러 아래층으로 내려갔다. 아빠가 만든 치킨 파스타를 뜨는 동안, 나는 조바심이 났다. 이러는 사이 얼마나 많은 '좋아요'와 댓글들을 놓치고 있는 걸까? 어찌나 빨리 먹어댔던지 딸꾹질이 다 났다.

식사를 마치고 후다닥 가서 보니 새 비디오는 벌써 5,000뷰와 '좋아요' 400개를 받았다. '싫어요'도 200개나 됐지만, 비디오가 싫은 게 아니라 데스티니가 차인 게 싫다는 뜻이 확실했다.

줄줄이 달린 댓글들을 보면서 조금씩 죄책감이 들기 시작했다. 팬들 중 일부는 정말로 흥분했기 때문이다. 하지만 나는 긍정적으로 생각하기로 했다. 눈물을 쥐어짜는 영화를 보며 우는 것하고 다를 게 뭐 있어?

xx패션걸xx
나쁜 놈

데스티니몬스터02
나쁜 새끼

레아 예예
개나쁜 새끼

애비게일
이럴 순 없어

괴짜소녀
속상해서 어떡하니, 데스티니. 하지만 너에겐 우리가 있잖아. 우린 항상 네 편이야. 우리가 할 수 있는 게 있다면 알려줘

귀염고양이
게일! 데스티니를 돌려놔. 안 그러면 내가 널 찾아내서 박살 낼 거야

파피 M
네가 눈물을 참으려고 애쓰는 동안에도 인생은 계속될 거야

플래닛 케이트
넌 걔한테 과분한 여자야 #자랑스러운_데스티니

크레이지 케이틀린 2001
난 기뻐. 이제 우리랑 더 많은 시간을 보낼 수 있잖아

 클로에 C
진짜 팬이라면 데스티니의 행복을 빌어줘야지

 앙마 리암 13
게일이 니 쌩얼을 봐서 그런 듯

 애슐리 여왕
다른 비디오 만들어서 네가 괜찮다는 걸 보여줘

 픽시 선샤인
빡치게 하네

 카냐2003
데스티니! 태국 치앙마이에서 사랑과 지지를 보낸다~

 로사리오99
나 솔로인데 이제 너도 솔로니까 우리 만날까? 커피 한잔하게 연락해

 애슐리 여왕
미친넘. 데스티니는 방금 깨졌어. 남자들은 다 개라니깐

4월 23일 일요일

게일과 데스티니의 결별 비디오는 벌써 조회수 50,000뷰를 넘겼다. 그리고 새로운 메시지를 받았다 :

데스티니 안녕

애정전선에 문제가 생기다니 정말 안타까워. 나도 그런 경험이 있어서 해주는 말인데, 시간이 지나면 틀림없이 괜찮아질 거야.

그동안 너한테 글램밸류와 함께하는 신나는 기회를 제안하고 싶어. 글램밸류는 세계적으로 아주 유명한 저가 화장품 브랜드야.

우리가 바라는 건 이런 거야 :

다음 화장법 비디오에 사용하도록 우리 브랜드의 논런 마스카라를 한 상자 보낼게. 다음 비디오 중반쯤에서 넌 게일에 대한 추억에 잠기며 우울해져. 예를 들자면 해질 무렵 게일과 함께 바닷가를 따라 걷던 시간을 추억하는 거지. 바로 거기가 출발점이야—마음껏 울면서 추억을 즐겨라!

넌 마음껏 울면서, 그래도 마스카라가 흘러내리지 않는다는 걸 짚어주면 돼. 이런 방법으로 실생활에 꼭 필요한 기막힌 상품을 멋지게 선보이는 거지.

이렇게 해주는 대가로 우린 500달러를 제공할 생각이야.

네 생각을 알려주기 바라며,
카렌 스파이서
소셜 이매지니어
글램밸류 코스메틱스

또다시, 엄청난 유혹을 받았다. 카렌 스파이서는 500달러라고 했지만, 협상을 잘하면 1,000달러까지 올릴 수 있을지도 모른다. 그리고 온라인 리뷰들을 찾아보니 대부분 그 마스카라가 정말로 좋다고 한다. 그렇다면 이번에는 누구도 속이는 게 아니다.

흠...

4월 24일 월요일

아니다. 나는 더 이상 상품 홍보는 하지 않겠다고 스스로 약속했다. 그리고 이 카렌 '이매지니어'라는 여자는 정말 무신경하다. 데스티니가 실제 인물이라면, 누군가 자신의 비극을 이용해 돈을 벌려 하는 것에 대해 얼마나 화가 날지 상상해봐야지.

아, 다행이다. 적어도 내 기분이 좋아지는 메시지를 쓸 수 있어서.

카렌 스파이서 님께

저의 눈물로 당신의 논런 마스카라를 선보여달라는 제안을 받아들일 수 없어서 유감입니다. 지금은 저에게 힘든 시간이고 생각해봐야 할 더 중요한 것들이 있습니다. 또한 저의 감정은 판매용이 아닙니다.

데스티니 드림

4월 25일 화요일

봄맞이 바겐세일 ☆ 데스티니

얘들아 안녕. 지난번엔 정말 미안했어. 하지만 이제 다 지나간 일이니 일상적인 삶으로 돌아가야지.

데스티니의 서비스가 다시 시작됐어! 그게 뭘까? 바로 쇼핑 타임. 그래서 바겐세일에 대해 대대적으로 조사했지... 예에! 바겐세일 정말 좋아!

첫 번째는 이 핑크 점퍼. 고작 몇 달러에 이걸 득템 하다니, 믿어지니? 이건 아주 부드럽고 진짜 완전 예뻐. 하지만 주의할 게 있는데 약간 비쳐. 음, 상당히 많이 비치네. 밑에 손을 대볼게. 이런! 그러니까 반드시 안에 뭔가 받쳐 입어야겠다. 안 그러면... 폭망이지, 뭐!

다음은 이 파란색 조끼. 이건 겨우... 찾아냈어...

[이 대목에서 엠마는 다시 한 번 슬픈 생각을 해야 했다. 엠마는 웃으려고 했지만 아랫입술이 파르르 떨리더니 눈물이 뺨 위로 흘러내렸다. 정말 그럴싸했다. 나도 큐 사인에 저렇게 슬퍼질 수 있다면 얼마나 좋을까. 내가 저런 상태가 되려면 양파를 다지면서 눈물 짜는 영화를 한 트럭은 봐야 할 거다.]

얘들아 미안. 예상한 것보다 더 어렵네. 내 컨디션이 별로라서 아무래도 브이로그를 잠시 쉬어야 할 것 같아. 하지만 댓글은 정말 두고두고 고마울 거야. 너희들은 내 인생에서 아주 큰 부분이라서 너희들이 나를 생각해주는 것처럼 나도 너희들을 많이 생각할 거야. 하지만 아무래도 휴식이 필요할 것 같아...

[여기서 엠마는 핑크 점퍼에 얼굴을 묻고 흐느꼈는데 즉흥 연기로는 썩 괜찮았다. 하지만 이렇게 되면 반품할 수가 없다. 영수증이 있더라도 눈물받이로 쓴 옷을 돌려줄 수는 없는 노릇이다. 그런데 뜬금없이 이런 생각이 들었다. 어찌 됐건 논런 마스카라 무료 샘플은 좀 받아둘걸.]

이 비디오의 조회수는 눈 깜짝할 사이에 50,000뷰를 넘었다. 이것은 팬들이 데스티니-게일 커플 드라마의 다음 에피소드를 간절히 기다렸다는 분명한 증거다. 비록 데스티니가 바겐세일에서 훌쩍거린 게 다이긴 하지만.

댓글들이 다시 한 번 물밀듯 쏟아졌다 :

꽃무늬 플로라
맙소사 이게 무슨 일이래. 믿을 수 없어. 끔찍해

나야 소피
안아주고 싶다

코하루99
다음 달 도쿄에서 거기 갈 건데 너희 집에 머물고 싶어. 집 주소가
뭐야?

내가바로케이티
걱정 마. 모든 일에는 이유가 있어

앙마 리암 13
그 이유는 바로 네가 짜증난다는 거다

파피 M
눈물 닦아ㅠㅠ 게일이 우리한테 한 짓 절대로 용서 안 할 거야

지구사랑382
얘들아, 우리 균형감을 좀 갖자. 왜 모두들 이런 일에 아우성이야? 남
미 열대우림의 파괴 같은 엄청나게 중요한 화제들이 얼마나 많은데

xx패션걸xx
이건 그런 거랑 다르거든! 너 같은 애들 진짜 빡친다

지구사랑382
화나게 했다면 미안. 난 그냥 더 넓은 주제에 대해 생각해
보자는 거였어

사브리나 포니 러버
야비한 게일이 무슨 짓을 했든 우린 언제나 널 사랑할 거야

4월 26일 수요일

오늘은 너무 일찍 깼는데 다시 잠들 수가 없어서 온라인에 접속해 조회수와 댓글들이 올라가는 것을 지켜봤다. 이른 아침부터 세계 곳곳의 팬들이 새 비디오에 대해 의견 나누는 걸 보는 것은 굉장한 일이다.

새 학교에서의 시작은 힘들기만 하다. 브이로그가 없었다면 끔찍했을 거다. 현실에서 진짜 친구들과 함께 웃음과 소문을 나누는 것보다 더 좋은 것은 없다. 하지만 진짜 친구들이 없을 경우엔, '좋아요'나 멋진 댓글이 썩 훌륭한 대용품이 된다.

오후 9시

엠마가 다음에 오기로 약속한 날은 토요일이다. 하지만 팬들은 걱정하기 시작했고 나는 뭘 해야 할지 고민되기 시작했다 :

 커트니 H
우릴 떠나지 마. 네가 필요해

 파피 M
너무 슬퍼서 밥이 안 넘어가. 제발 돌아와. 괜찮다고 말해줘

크레이지 케이틀린 2001
넌 우리 삶에서 큰 부분이야, 제발 돌아와줘

나는 데스티니인 것처럼 봄 세일 쇼핑 비디오에 댓글을 달았다.
이걸로 금요일까지는 팬들을 안심시킬 수 있기를 바라면서.

 데스티니
안녕 얘들아! 너희들의 멋진 댓글 모두 정말 고마워. 지금 당장 브이
로그로 돌아올 만큼 최상의 컨디션은 아니지만, 너희들의 응원이 얼
마나 큰 힘이 되는지 알아줬으면 해. 게일은 나의 진정한 첫사랑이
고 그래서 정말 힘이 들어. 하지만 아이스크림과 영화, 그리고 너희
들의 도움으로 이겨낼 거야. 팬들은 나한테 정말정말 특별해. 내가
나다울 수 있게 해주고 섣불리 판단하지도 않아. 부탁인데 댓글을
계속 올려주고 내 채널을 페이스북과 트위터에 공유해줘. 곧 돌아올
게. 사랑해.

 머신건 칼라
강해져라 허니

 플래닛 케이트
자랑스러운 데스티니 채널!

 파피 M
데스티니 팸은 언제나 네 곁에 있을 거야

 나야 소피
안아주고 싶다

4월 27일 목요일

오늘은 오빠가 나를 괴롭히지 않았다. 전에도 말한 것 같은데 이건 진짜 드문 일이다. 대부분의 브이로거들은 각자 채널을 가진 근사한 형제자매가 있어서 사랑스럽게 크로스오버 비디오를 만들기도 한다. 하지만 나에겐 미쳐 날뛰는 돼지 같은 오빠가 있다. 오빠가 10초 이상 생각을 집중할 수 있는 건 나를 괴롭힐 방법을 생각할 때뿐이다.

아 잠깐만, 내가 너무 성급한 판단을 내렸나 보다. 오빠 방에서 비디오를 보며 웃는 소리가 들린다. 오빠는 오늘도 어떻게 해서든 나를 화나게 만들 작전을 짜고 있을 게 분명하다.

오빠의 취향은 정말 괴상하다. 새로운 채널을 찾아 구독하는 대신, 같은 비디오를 닳도록 보고 또 보면서 매번 처음 보는 것처럼 재미있어 한다. 오빠는 스피커 소리를 진짜 크게 틀기 때문에 나도 벽을 통해 울리는 배경음악을 듣고 또 들어야 한다. 음악 뒤로 따라오는 오빠의 또라이 같은 물개 웃음소리까지.

오빠가 사랑하는 비디오는 이런 것들이다 :

무한 도전 모음

– 바지에 불을 지르는 대머리 사내

– 조랑말 탄 소녀를 공격하는 타조

– 스케이트보드를 타는 개

– 킬러 광대의 소름 끼치는 장난

　오빠 같은 또라이들을 위해 이런 비디오들로만 구성된 채널을 만드는 것도 괜찮을 것 같다. 광고주들에겐 환상적인 채널이 되겠지. 하도 멍청해서 말만 하면 뭐든 사버리는 바보 천치들로 가득한 황금 시장을 만나는 거니까.

4월 28일 금요일

세바스찬이 수학 시간에 또 내 옆자리에 앉았다. 그 애가 다가오는 걸 보고도 나는 의자에서 가방을 치우지 않았다. 하지만 그 애는 직접 내 가방을 바닥에 내려놓았다. 눈치는 쌈 싸 먹었나. 치즈 입냄새가 진동했다.

세바스찬은 또다시 뻐기기에 들어갔다. 지금까지 인생에서 성취한 업적을 나열해달라고 내가 묻기라도 한 것처럼 말이다. 나는 그 소리들을 무시하고 있었는데 '브이로그'라는 단어가 주의를 끌었다.

나는 세바스찬한테 방금 한 얘기를 다시 해보라고 말했는데 이건 처음 있는 일이었다. 세바스찬은 1인칭 슈팅 게임에 관한 '어마어마하게 인기 있는' 채널을 운영 중이라고 했다.

'어마어마하게 인기 있는'이 무슨 뜻이냐고 물으니, 세바스찬은 비디오 몇 개가 조회수 500뷰를 넘겼다고 대답했다.

웃기시네! 고작 그 정도 갖고 성공이랍시고 떠벌리고 있으니 가소로웠다.

나는 입 다물고 있으려고 엄청 애썼다. 하지만 세바스찬이 자기를 '소셜미디어 스타'라고 떠벌리는 건 도저히 참을 수가 없었다.

세바스찬한테 난 100,000뷰쯤은 쉽게 얻는 브이로그가 있다고 말해버리고 말았다. 말이 내 입을 떠나는 순간 그냥 입 다물고 있을걸 하고 후회했다. 세바스찬이 내 브이로그를 추적해서 데스티니가 허구의 인물이란 걸 알아내고 나를 협박할지도 모르는데. 세바스찬은 나한테 돈이나, 아니면 더 나쁜 것, 우리가 친구인 것처럼 굴라고 요구할지도 모른다.

나는 바로 수습에 나섰다. 방금 한 말은 사실 거짓말이고 세바스찬의 대단한 브이로그에 샘나서 그냥 해본 소리라고 둘러댔다. 그리고 수업이 끝날 때까지 게임에 대한 질문을 계속해서 세바스찬의 주의를 돌려놓으려고 애썼다.

관심 있어 보이는 척하기는 정말 힘들었다. 나는 얼굴에 억지 미소를 띠고 숨을 참은 채로, 세바스찬이 '콜 오브 듀티' 게임에서 위빌 기관총과 SVG-100 저격용 총의 전략적인 장점을 비교하는 걸 들어줘야만 했다.

그래도 세바스찬이 흥미 있는 얘기를 한 가지 하긴 했다. 자기는 뉴욕 여행을 안 갈 거란다. 다행이다. 뉴욕 행 비행기에서 내 옆자리에 세바스찬이 끼어 앉을 일은 없을 테니까. 브이로그가 더 떠야 할 이유가 또 생겼다.

엠마는 비디오를 찍으러 내일 밤에 오기로 했다. 이번에는 실시간 스트리밍을 하면서 극적인 이벤트로 데스티니를 계속 놀라게 해줄 생각이다. 그러려면 실행하기 전에 여러 번의 연습이 필요하지만 성공만 한다면 엄청난 반응을 불러일으킬 거다.

지금 바로 데스티니의 페이스북과 트위터에 들어가서 이걸 알리는 게 좋겠다.

4월 29일 토요일

데스티니 채널 실시간 스트리밍

안녕 얘들아! 기다리게 해서 정말정말정말 미안해. 하지만 이제 돌아왔으니 내가 잘 이겨냈고 괜찮아졌다는 걸 모두들 알아줬음 해. 이제 이별 대신에 내 인생을 살면서 너희들과 함께할 거야.

[엠마는 침대 가장자리에 앉아서 이 말을 했다. 그러니까 엠마 뒤로 방문이 열려 있는 게 시청자들에게 보인다는 뜻이다.]

게일은 내 삶에서 중요한 부분이었지만 이젠 끝났어. 이 모든 게 너희들 덕분이야. 고마워. 멋있는 댓글이 너무 많아서 어디서부터 시작해야 할지 모르겠네.

[엠마가 얘기하는 동안 캘럼이 문 앞에 나 타났다. 캘럼은 꽃 한 다발과 하트를 안은 테 디베어를 들고 있다. 이 이벤트를 결국 써먹게 돼 서 정말 기쁘다.]

그리고 너희들의 메시지와 이메일, 트윗 모두 정말 고마워. 그것들 하나하나가 모두 나한테 얼마나 큰 의미를 갖고 있는지 너희들은 절대로 모를 거야.

[엠마가 연습한 대로 문득 돌아보다가 캘럼을 발견했다. 엠마 는 눈물을 터뜨리면서 카메라로 손을 뻗었다. 거기서 우리는 방송 을 끊었다. 왜냐면, 팬들이 더 애가 타도록 내버려둘 필요가 있기 때문이다.]

우리는 모니터 앞에 둘러서서 댓글들이 올라오는 걸 지켜봤다. 엠마가 각기 다른 억양으로 댓글들을 읽었는데 제법 재미있었다. 하지만 우리가 팬들을 갖고 노는 것 같아서 약간 가책도 느꼈다. 나는 실시간 스트리밍을 놓친 팬들을 위해 비디오를 내 계정에 포스팅 해서 다시 볼 수 있게 해줬다.

와우 켈시
젠장 이 담엔 무슨 일이 벌어지는 거야?

머신건 칼라
게일을 받아주기로 했다고 말해. 게일과 데스티니 4에버

커트니 H
넌 게일한테 넘 과분한 여자야

xx패션걸xx
맙소사 어떻게... 이게 무슨 일이야? 미친 거 아냐?

로사리오99
그냥 알려주는 건데, 커피 한잔하게 연락해

xx패션걸xx
ㅁㅊㄴ

데스티니는완벽해
게일과 데스티니 커플은 넘넘 아름다워

4월 30일 일요일

중요한 질문 ☆ 데스티니

안녕 얘들아! 실시간 스트리밍을 봐줘서 고마워. 그리고 갑자기 끊어서 미안해. 못 본 사람들을 위해 알려주는데 게일이 다시 돌아왔고 나랑 화해하길 원해. 그리고 지금은... 지금은 잘 모르겠어.

문제는 내가 어떻게 해야 할지 정말 모르겠단 거야. 게일은 일주일 내내 나를 울게 만들었어. 그러니까 게일을 그냥 받아줄 순 없어. 하지만 우린 진심으로 통하거든. 이런 관계가 얼마나 많이 있겠어? 그리고 게일은 잘못을 인정하고 사과도 했어.

[나는 엠마한테 몇 초 동안 허공을 바라보게 한 뒤, 컷을 했다. 나는 커튼을 닫고 불을 켜서 엠마가 엄청나게 오랫동안 고민한 것처럼 보이게 만들었다.]

그거 아니? 난 너희들의 도움이 필요해. 내가 어떻게 할지에 대해 댓글로 너희들 생각을 알려줘. 그리고 댓글창에 여론조사를 링크해둘게. 게일하고 계속 가야 할까, 아니면 쿨하게 차버려야 할까? 너희들이 결정해줘. 투표해!!!

내가 너무 멀리 갔나? 나는 팬들이 데스티니의 사생활에 참견하고 싶을 거라고 생각했다. 하지만 이런 중요한 결정을 이런 식으로 하다니, 지나치게 비현실적인 것 같다. 비디오 하나 때문에 브이로 그 전체를 허물어뜨리고 싶진 않다.

데스티니의 선택에 대해 나는 뭐라 말하기가 어렵다. 엄밀히 말해서 나는 남자친구가 한 번도 없었기 때문이다. 예전 학교에서 남자애 몇이 데이트 제의를 했지만, 걔들에 비하면 세바스찬은 영화배우급이다. 그리고 가끔 짝사랑에 빠졌지만 나는 아무것도 하지 못했다. 짝사랑하는 애가 근처에 나타나기만 하면 말문이 막히고 얼굴이 새빨개지는 바람에.

오후 9시

괜한 걱정을 했나 보다. 중요한 결정을 이런 식으로 내리는 것에 대해 고정 팬들은 아무 생각도 없었다. 어이없다고 생각하는 사람은 극소수 안티들밖에 없었다 :

커트니 H
반대. 너를 존중해주는 남자라야 돼

머신건 칼라
찬성. 그냥 너 자신만 생각해. 말이 많으면 일이 복잡해져

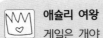
애슐리 여왕
게일은 개야

나야 소피
받아줘! 데스티니와 게일은 내 이상형이야

로사리오99
나 진지해. 연락 줘

xx패션걸xx
자존심 따윈 쓰레기통에 버렸냐

데이트 실패남
아직도 솔로야? 비밀 데이트 웹사이트를 살펴봐. 궁금하지 않니?
bit.ly/1UHA9Zn

앙마 리암 13
돌았냐? 차에 치여도 구급차 부를지 말지 여론조사 할래?

크레이지 케이틀린 2001
이해 못 하겠지만 이런 걸 친구라고 하는 거야. 악플 달기
전에 먼저 자기 삶을 돌아보길

앙마 리암 13
이 행성에선 더 이상 살기 싫다

5월 1일 월요일

스완즈의 그레이스가 아파서 결석을 했다. 그래서 화학 시간에 엠마의 옆자리가 비어 있었다. 나는 거기에 앉아도 될지 자신이 없어서 눈치를 살피며 교실 뒤쪽에서 어슬렁거렸다.

엠마는 요즘 비디오를 찍으러 우리 집에 올 때면 정말 다정하다. 심지어 지난번에는 한 시간이나 일찍 와서 나하고 '로미오와 줄리엣' 오디션 연습까지 했다. 내가 로미오의 대사를 너무 한심하게 읽는 바람에 연습보다는 웃는 게 더 많았지만, 엠마한테 조금이라도 도움이 되었으면 좋겠다.

엠마가 학교에서도 자기와 얘기할 수 있다고 말한 적은 없지만, 나는 그럴 수 있다고 믿었다.

이런 생각을 하면서 어슬렁거리고 있는데, 세바스찬이 불쑥 나타나서 그 자리를 차지해버렸다. 나는 맨 앞줄 나의 고정석을 향해 터벅터벅 걸어갔다.

수업 중에 엠마와 세바스찬을 흘낏흘낏 돌아봤다. 처음에 엠마는 미친 사람이 말을 걸면 그러듯 웅크리고 있었지만, 곧 세바스찬과 얘기를 나누기 시작했다. 엠마가 갑자기 1인칭 슈팅 게임에 관심이 생긴 게 아니라면 세바스찬이 브이로그에 대해 얘기하는 게 틀림없었다.

이건 결코 바람직하지 않다.

5월 2일 화요일

내가 옳았다. 좋지 않았다.

구내식당에서 뒤쪽 자리에 앉아 있는데 엠마가 다가오더니 엉덩이에 손을 짚고 떡하니 버티고 섰다.

클릭피드 기사를 우연히 발견한 세바스찬은 데스티니라고 불리는 처음 보는 브이로거가 엠마와 너무 닮은 걸 알아차리고 유심히 비디오를 봤다.

세바스찬은 내가 화학 시간에 했던 얘기를 기억해냈고 우리가 무엇을 하고 있는지 알아냈다.

세바스찬은 어제 수업 중에 엠마한테 데스티니 채널처럼 인기 있는 브이로그는 수천 달러의 수입을 올린다고 나불댔다. 그 결과, 엠마는 내가 자기를 부당하게 갈취하고 있다는 확신에 차서 비디오 하나에 50달러씩 지불하지 않으면 더 이상 출연하지 않겠다고 선언했다.

고맙다, 치즈 입냄새. 덕분에 이제 파산이다.

5월 3일 수요일

엠마는 자기 요구 조건에서 한 발짝도 물러나지 않을 것이고, 팬들은 다른 비디오를 목매고 기다린다.

나는 엠마가 분별력을 되찾게 될 때까지 브이로그 댓글창에서 팬들을 진정시켜야 했다.

데스티니
안녕 얘들아. 지금까지 투표해준 모든 팬들에게 정말 고마워. 그리고 댓글도 고마워. 깊이 감사하는 마음으로 하나하나 빠짐없이 읽고 있어.

작은 부탁을 하나 하고 싶은데... 내가 게일과 화해하면 안 된다고 생각하더라도 게일한테 너무 무례하게 굴지 말아줬으면 좋겠어. 게일도 우리처럼 감정을 가진 사람이니까. 아무튼 곧 돌아오겠다고 약속할게. 계속 투표해주길.

 데스티니는완벽해
진짜 팬이라면 게일이 데스티니한테 딱 맞는 남자라는 걸 알아

 핀 편
게일이 데스티니한테 딱 맞는 남자라는 거 인정. 둘 다 멍청이니까

 데스티니는완벽해
얼마든지 비웃어보시지. 우린 진짜 팬이라서 신경 안 써^^

5월 4일 목요일

오늘 엠마의 옆자리는 다시 비어 있었고 이번에는 내가 곧장 그리로 갔다. 나는 엠마한테 세바스찬이 말도 안 되는 소리를 한 것이고, 실제로는 브이로그 때문에 돈을 날리고 있다는 걸 설명하려 애썼다. 하지만 엠마는 나를 믿지 않았다.

결국 나는 폰으로 은행 계좌에 로그인 해서, 출금된 거금과 입금된 하찮은 수입을 모두 보여줬다. 엠마는 생각 좀 해보고 나중에 연락하겠다고 말했다.

5월 5일 금요일

아침에 세바스찬이 학교 정문에서 기다리고 있었다. 자기가 엠마한테 에이전트 동의를 받았다고 했다. 그러고는 종이 한 장을 꺼내더니 우리 모두가 서명해야 하는 합법적 계약서라고 했다.

종이에서 살구색 부스러기를 털어내고 읽었다. 우리 세 사람은 어떤 수익이든지 똑같이 삼등분하도록 되어 있었다. 나는 브이로그 제작과 대본 작성, 엠마는 연기, 세바스찬은... 아, 잠깐만... 세바스찬은 눈곱만큼도 하는 게 없는데!

나는 종이를 공처럼 돌돌 말아서 세바스찬한테 던져버렸다.

엠마는 점심시간에 스완즈 애들하고 있다가 내 곁으로 와서 앉았다. 재스민과 그레이스는 우리를 무시하는 척했지만 교활한 눈

빛으로 우리를 계속 곁눈질했다. 점심시간에 찌질한 애와 어울리는 건 교복 없는 날에 학교 구두를 신는 것보다 훨씬 끔찍한 범죄라는 듯이.

나는 엠마한테 우리 수익의 3분의 1을 세바스찬한테 줄 이유가 전혀 없다고 말했다. 그리고 둘이서 수입을 똑같이 나누고 창의력을 발휘할 권한을 더 많이 주겠다고 제안했다. 마지막 말이 그럴싸하게 들렸겠지만, 내 말은 엠마한테 즉흥 연기의 기회를 더 많이 주겠다는 뜻일 뿐이었다.

이렇게 해서, 위기는 끝났다. 치아 교정기를 낀 악마를 쳐부수자 엠마는 내 편이 되었고 나는 마침내 팬들을 위해 다른 비디오를 만들 수 있게 되었다.

5월 6일 토요일

중대 발표!!!!! ☆ 데스티니

모두들 안녕. 드디어 내가 돌아왔어! 너희들의 충고 모두 고마워. 너희

들이 있다는 건 정말 많은 의미가 있어. 너희들은 세상에서 가장 좋은 친구야, 한 사람도 빠짐없이. 그래서 너희들의 도움으로 이제 말할 수 있게 됐어. 내 결정은...

[여기서 캘럼이 화면 안으로 뛰어 들어오며 "나 돌아왔어!" 하고 소리쳤다. 캘럼이 의도한 것보다 일찍 등장했지만 엠마가 잘 대처해줬다.]

이런, 내 중대 발표를 망쳤잖아. 암튼 내 결정이 먼지 이제 분명해졌네, 맞지?

[캘럼이 엠마한테 팔을 두르고 뺨에 뽀뽀했다. 어떻게 배우라는 사람들은 멀쩡하게, 아무렇지도 않게 저런 짓을 할 수 있는 걸까? 캘럼이든 누구든 나한테 저렇게 했다간 난 온몸이 시뻘게져서 촬영이고 뭐고 접고 한참 동안 흥분을 가라앉혀야 될 거다.]

비디오를 포스팅 하자마자 팬들이 논쟁을 시작했는데, 이거야말로 내가 의도한 거였다.

 커트니 H
이런 비디오를 기다렸던 사람?

 애슐리 여왕
나

내 이름은 시몬
222222

 파피 M
333333

 나야 소피
게일 & 데스티니 포에버

 크레이지 케이틀린 2001
데스티니 진성 팬은 게일을 증오해

 클로에 C
어떻게 그런 말을 할 수 있지? 게일은 데스티니를 행복하게 해줘. 네가 진성 팬이라면 데스티니가 행복하길 바라는 게 맞는 거 아닌가?

 크레이지 케이틀린 2001
난 데스티니의 첫 팬이라서 뭐가 데스티니한테 좋은지 알거든

 클로에 C
정확히 확인해봤는데, 내가 첫 팬이거든!

 머신건 칼라
♡♡♡ 게일

 돈벌이
온라인 설문조사에 참여해서 한 달에 천 달러 벌었음. 집에서쉽게 돈벌기닷컴에서 확인

 커트니 H
제발 내 말 들어. 게일은 너한테 안 맞아. 정말 미안하지만 친구로서 이 말은 꼭 해야겠어

짱근사한케이트
네가 게일보다 훨씬 낮거든. 넌 천사야

 설명충 개미
뭐가 낮아? 성적? 지능? 정신 연령?

 짱근사한케이트
멍청아! 문법 시험 아니거든!

 설명충 개미
다행이다. 그거면 낙제가 확실한데

5월 7일 일요일

특별 부탁 ☆ 데스티니

안녕 얘들아. 부탁할 게 있어. 그만 싸우면 안 되겠니? 너희들의 의견을 존중하지만, 우린 벌써 결정했어. 그러니까 모두들 이제 그만하면 좋겠어.

[엠마는 금방이라도 울음을 터뜨릴 것처럼 떨리는 목소리로 말하다가 입을 다물고는 얼굴 앞에서 손을 흔들었다.]

미안해... 안 울겠다고 약속했는데. 이번에는 게일하고 정말 잘해보고 싶은데 그러려면 너희들 모두의 도움이 필요해. 그런데 너희들이 '게일은 너한테 안 맞아', '진성 팬이라면 게일을 증오해' 같은 댓글을 남길 때면 마음이 아파. 미안해. 쉽지가 않네.

그러고서 엠마는 지난번 비디오에 달린 댓글들을 읽었는데 하나하나 읽을 때마다 점점 더 화를 냈다. 내 생각에 이건 논쟁을 부추기는 좋은 방법이다.

내가 바란 대로, 새 비디오는 팬들을 엄청나게 자극했다 :

나야 소피
내가 말한 것처럼 이제 모두 게일 편이 되어줘. 데스티니가 부탁하잖아. 모두들 기분 좋아지길

애슐리 여왕
아직 게일이 밉지만 데스티니 널 위해 게일을 인정할게. 게일이 비록 개이긴 해도

플래닛 케이트
너희 둘 다 자랑스러워

머신건 칼라
무례한 애들의 댓글에 귀 기울이지 마. 네가 뭐라고 하든 꼬투리 잡는 사람은 늘 있는 법이니까.

불꽃싸다구
응 아니야

中国球迷
我们是你的中国扇子, 我们认为你应该干掉他

핀 펀
이 말이 '이 브이로그는 멍청하고 이걸 팔로우 하는 사람은 전부 얼간이'라는 뜻이면, 핵공감

크레이지 케이틀린 2001
네가 뭐라고 하든 신경 안 써. 난 여전히 게일을 안 믿어
#오리지널_팬덤 #타도_게일

알리야 H
웃기시네. 어떻게 오리지널 팬이라면서 데스티니의 부탁을 무시해? 말도 안 되는 소리

커트니 H
절대로 게일을 받아줘선 안 돼. 끔찍한 실수를 저지르는 거야

샤우팅 로렌
지금 너무 화가 나. 이건 우리 팬덤을 무너뜨리는 짓이야. 팬으로서 먼저 할 일은 데스티니의 결정이 무엇이든 응원하는 거야. 이건 정말 중요한 거야. 진짜 팬이라면 데스티니가 사랑하는 사람을 이렇게 씹을 리 없다구

앙마 리암 13
눈물 난다 ㅋㅋ

5월 8일 월요일

데스티니는 오늘 밤 처음으로 리액션 비디오를 받았다. 금발로 염색하고 강렬한 인조 눈썹을 붙인 한 소녀가 화면을 빤히 쳐다보고 있었다. 화면의 오른쪽 윗부분에는 작은 창으로 특별 애원 비디오가 재생되고 있었다.

특별 애원 – 리액션 ☆ 루비 리액션

좋아 여러분. 데스티니의 새 비디오가 올라왔어. 데스티니가 뭐라고 하는지 한번 보자.

[엠마가 팬들에게 그만 싸우라고 부탁하는 동안 루비는 화면을 빤히 보고 있었다.]

맙소사. 데스티니한테 왜들 그러는 거야? 너희들 팬이라면서, 아냐? 내 말 틀렸니?

[루비가 다시 화면을 봤다. 데스티니가 울려고 하는 순간 비디오가 멈췄고, 루비는 눈자위를 닦으면서 함께 훌쩍거렸다.]

데스티니한테 무슨 짓을 했는지 보라고. 훌쩍. 팬들이라는 사람들, 훌쩍, 자신을 한번 돌아봐. 미안해, 훌쩍, 못 하겠어. 난 그냥...

왜 너희들은, 훌쩍...

난 도저히...

루비의 리액션 비디오는 이렇게 데스티니의 비디오보다 먼저 끝났다.

이건 아첨하려는 의도가 뻔하다. 하지만 이걸로 브이로그에 대한 소문이 더 퍼졌으면 좋겠다. 한편으로는 어떤 사람들이 뭣 때문에 이런 리액션 비디오를 보는 건지 정말 이해할 수가 없다.

나는 루비의 리액션 채널을 클릭했고 구독자가 50만 명이나 되는 걸 발견했다. 왜 이렇게 많은 사람들이 이런 리액션 비디오를 정기적으로 보고 있을까? 이 사람들은 루비가 슬랩스틱 비디오를 보며 깔깔거리거나, 역겨운 비디오를 보고 구역질하거나, 공포 비디오를 보다가 펄쩍 뛰는 걸 본다. 하지만 왜 직접 원래의 비디오를 보지는 않는 걸까? 도무지 이해가 안 된다.

오후 8시

이건 진짜 이상하겠다. 만약 누군가가 리액션 비디오에 리액션을 포스팅 하는데 두 사람 다 상당히 화가 났다고 치자. 그때 누군가가 거기에 또 화난 리액션을 보이면 또 다른 누군가가 거기에 또 리액션을 할 거고, 그러다 인터넷 전체가 붕괴되고 말 거다. 이런 생각을 하고 있으려니 골치가 아파온다.

오후 9시

으으으아아아아아아악!

유감스럽게도 내 방에서 비명을 지르면 다 들리기 때문에, 비명을 지르는 대신 종이에다 이렇게 썼다.

어떻게 해야 이걸 떨쳐낼 수 있지?

아니야. 아직 안 됐어.

으으으으으으아아아아아아아아아아아아아악!

좀 낫네. 그런데 10분 전에 엄마가 내 방에 불쑥 들어와서는 자기도 브이로그를 시작하기로 결정했다고 선언했다. 내가 브이로그를 얼마나 즐기는지 봤기 때문이란다. 그러더니 폰을 꺼내서는 내가 보는 앞에서 비디오를 찍기 시작했다.

놀랄 일도 아니지만 엄마는 세로 모드로 영상을 찍었다. 엄마의 비디오는 온라인에서 화면이 한쪽으로 쏠리거나 너무 좁게 보일 거다. 왜 사람들이 제대로 쓸 줄도 모르는 그런 옵션을 폰에다 탑재해놓았을까?

한번은 엄마가 당일치기 여행을 갔다 왔는데 얄궂게 찍힌 셀카 사진 50장밖에 남은 게 없었다. 알고 보니 폰 카메라가 셀카 모드로 돼 있는 것을 몰랐던 거다. 그 덕분에 엄마는 사진을 바로 찍을 줄 알게 되었다.

비디오의 첫 5분 동안 엄마는 하루의 일과를 지루해 미치도록 자세히 담았다. 식기세척기를 돌리고, 운전해서 직장에 가고, 수프를 전자레인지에 데우고, 아마추어 연극 수업에 가는 장면을 시시콜콜 담아냈다.

그런 뒤 비디오를 업로드해 달라고 했다. 얼른 살펴보니 파워비디오튜브라는 듣보잡 중국 사이트가 있길래 거기다 영상을 올렸다. 그건 정말 엄마를 위한 최선의 행동이었다. 엄마는 사람들이 온라인에서 얼마나 잔인할 정도로 정직한지 아직 모른다.

나는 어쩌면 수백만 명의 사람들을 내가 경험한 끔찍한 고통에서 구해낸 건지도 모르겠다. 하지만 지금은 우연히 그걸 본 중국 사람들이 걱정된다. 이 일이 국제적 위기를 일으키지 않기만을 바랄 뿐이다.

5월 9일 화요일

지난번 비디오 두 개는 이제 조회수가 200,000뷰에 이르렀다. 데스티니와 게일을 멜로드라마 주인공으로 변신시키려는 계획이 잘

먹히고 있다. 하지만 데스티니와 게일의 이야기에는 또 한 번의 반전이 필요하다.

흠.

첫 번째 아이디어 — 게일이 비극적인 사고로 죽는다. 게일이 테디베어를 들고 데스티니의 집으로 가고 있는데 잘못 터진 폭죽이 게일을 덮친 거다.

아니야, 너무 나갔어. 난 팬들을 휘어잡고 싶은 거지 트라우마를 입히고 싶지는 않다.

두 번째 아이디어 — 데스티니가 게일을 차버린다. 데스티니가 마음을 바꿔서 게일 안티팬들에게 항복한 거다.

아니다. 팬들의 반 정도는 아직도 게일을 정말 좋아한다. 그들을 데스티니의 적으로 만들어서 내 브이로그에 등 돌리게 만들고 싶지는 않다.

세 번째 아이디어 — 데스티니는 게일이 자기를 죽이려 한다고 생각한다. 게일의 코트에서 독약을 발견했기 때문이다. 데스티니는 이걸 경찰서에 신고해야 하는지 팬들에게 묻는다.

말도 안 되는 헛소리. 이 아이디어는 독감에 걸렸을 때 봤던 멜로드라마에서 얻었다. 결국 주인공이 죽어서 유령으로 돌아오는 내용으로 끝났던 것 같은데 고열에 들떠서 비몽사몽 상태였기 때문에 확실치는 않다.

네 번째 아이디어 — 게일한테 다른 여자친구가 생겼는데 데스티니한테 말하지 않는다.

바로 이거다! 캘럼의 옷에서 나는 향수 냄새나 옷깃에 묻은 립스틱 같은 걸로 단서를 흘려두는 거다. 팬들은 비디오를 보고 또 보며 댓글창에서 논쟁을 벌일 테고 그럼 조회수가 폭발적으로 치솟겠지. 완벽해.

엠마가 내일 올 거니까 대본 작업에 공을 들여야겠다.

5월 10일 수요일

웃음 참기 게임 ☆ 데스티니

안녕 얘들아! 누가 왔을지 맞혀봐... 누가 왔을까... 바로 게일이 왔어... 게일이 왔다고. 짜잔!

그리고 새로운 게임. 이렇게 하는 거야. 한 사람이 입 안 가득 물을 머금고 다른 사람이 골라온 웃기는 비디오를 봐. 이때 물을 머금은 사람이 웃음을 참으면 점수를 얻어. 하지만 웃음을 터뜨려서 여기저기로 물을 뿜으면 다른 사람이 점수를 얻게 되는 거지. 우리가 너무 많이 웃어버리면 물이 컴퓨터를 덮쳐서 고장이 날 거고 이 브이로그는 그대로 끝! 그럼 안 되겠지?

[이때 캘럼이 물을 한 모금 들이켜고는 엠마를 보더니 웃음과 함께 곧장 뿜고 말았다. 이 비디오를 찍을 때 둘 다 기분이 들뜬 상태인 게 다행이었다.]

이건 내 점수야! 아직 시작도 안 했는데 벌써 점수를 땄네. 좋았어. 여기 내가 고른 첫 번째 비디오는 '뉴스 진행자에게 기어오른 도마뱀'.

[캘럼은 비디오를 보기 시작하자마자
낄낄거렸고 자기 후드티에 물을 질질
흘리고 말았다. 비디오가 끝날 무렵
둘은 물싸움이라도 한 것 같았다.]

비디오를 업로드한 뒤 엠마와 함께 '좋아요'와 댓글이 올라오는
걸 지켜봤다.

 알렉산드라 러브 하트
데스티니♡게일

 데스티니는완벽해
둘 다 너어어어어어어어어어무 귀여워

 코하루99
오늘 내 생일^^

 창작가 조디
내가 쓴 데스티니 & 게일 팬픽도 봐줘. bit.ly/29d1ZPc

 앙마 리암 13
중증 환자 납셨네

한 시간 뒤에 우리는 서프라이즈 라이브를 업데이트 했다 :

데스티니 채널 라이브 스트리밍

안녕 얘들아. 댓글 정말 좋아. 계속 올려줘. 그리고 이런 얘길 해서 미안한데, 걱정되는 게 있어서... 너희들이 도와주면 좋겠어. 게일이 아까 비디오 찍은 뒤에 후드티를 여기 두고 갔거든. 방금 그걸 걸다가 냄새 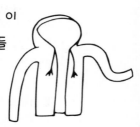 를 맡아봤는데, 내가 한 번도 안 쓴 향이 났어. 어떻게 거기서 그런 향이 날 수 있는지 모르겠어. 새로운 세제나 뭐 그런 걸 썼겠지? 하지만 아무래도 향수 같아. 내가 물어봐야 한다고 생각하니? 그러면 내가 정상이 아니거나, 아니면 집착하는 걸로 보일까?

엠마는 이런 식으로 10분 정도 즉흥 연기를 했다. 고맙게도 터무니없는 뒷이야기 같은 건 전혀 하지 않았다. 댓글이 하도 빨리 올라와서 다 읽기도 힘들었다 :

 나만큼만 예뻐보라지
당장 게일한테 전화해서 무슨 향수인지 물어봐. 이걸 보고 핑계 만들 시간도 주면 안 돼

 알렉스로 살기
사실 이건 사생활의 문제야. 데스티니가 스스로 해결하도록 내버려둬야 해

나만큼만 예뻐보라지
아니. 이건 우리 팬들 모두에게 영향을 주는 문제야

 크레이지 케이틀린 2001
내가 말했지? 게일이 널 속이고 있다고. 없애버려. 다른 여친 아니
면 어디서 향수 냄새가 묻겠어?

 내 이름은 시몬
게일은 상처 줄 일 절대 안 할 거야. 틀림없이 이유가 있겠지. 생각
좀 해봐야겠다

 플래닛 케이트
데스티니 제발 내 댓글 읽어!!!

 클로에 C
맙소사 너무 걱정이 돼서 난

 핀 편
얘는 문장 끝낼 줄도 몰라 ㅋㅋ

5월 11일 목요일

화학 시간에 엠마 옆자리에 앉았는데 꺼지라고 하지 않았다. 그
러기는커녕 브이로그에 대해 너무 수다를 떠는 바람에 윌리엄스
선생님한테 조용히 하라는 지적까지 받았다.

이건 이 학교로 전학 온 뒤 처음으로 거둔 사회적 성공이었다.

엠마는 재스민이나 그레이스와 함께 있을 때는 여전히 나를 무시한다. 하지만 걔들이 근처에 없을 때면 엠마는 절대적으로 괜찮은 애다.

그러니까 나는 공식적으로 파트타임 친구를 사귄 셈이다. 전혀 없는 것보다는 낫다. 내 생각엔.

5월 12일 금요일

점심 때 세바스찬이 내 옆자리에 앉아서 자기 브이로그에 대해 또 떠벌렸다.

이건 뭐 하자는 거야? 언제는 나를 갈취하려 들더니, 그래놓고 이제 와서는 친구가 될 수 있다고 생각하는 거야, 뭐야?

하지만 세바스찬이 웅얼거리도록 내버려뒀다. 괜히 눈 밖에 났다간 세바스찬의 협박에 말릴 게 틀림없다. 브이로그의 비밀을 계속 유지하고 싶다면 거액의 돈을 내놓으라고 할 게 분명하다. 세바스찬이 우리를 여전히 친구라고 생각하게 만들어서 복수할 마음을 먹지 않도록 해야 한다.

그래서 나는 미소 지으며 고개를 끄덕여줬다. 다만 어느 누구도 우리가 사귀는 사이라서 대화를 나누는 거라고 생각하지만 않았으면 좋겠다. 그런 사회적 불명예는 돌이킬 방법이 없다.

5월 13일 토요일

데스티니 채널 라이브 스트리밍

그저께 밤에 라이브 스트리밍을 본 사람들을 위해 잠깐만 업데이트 할게. 그날 내가 말했던 거 다 잊어줘. 게일한테 물어봤더니 여동생한테 후드티를 빌려줬었대. 그래서 향수 냄새가 났던 거야. 어리석게도 그런 걸 물어보다니. 하지만 유난 떨지는 않았어. 그냥 다른 얘기 하는 중간에 슬쩍 물어봤지. 아무튼, 이제 마음이 편해졌어. 댓글 모두 고마워. 계속 올려줘...

라이브 스트리밍이 계속되는 동안, 댓글창에서는 엄청난 논쟁이
벌어졌다.

 크레이지 케이틀린 2001
왜 게일을 믿는지 모르겠다. 도대체 누가 오빠 옷을 입는대? 에휴
ㅜㅜㅜㅜ

 클로에 C
맙소사 이제 걱정 안 하게 됐는데 왜 이런 말을 꺼내는 거야?

 크레이지 케이틀린 2001
데스티니 제발 이거 읽어. 게일 동생한테 전화해서 후드티
빌렸는지 물어봐. 그럼 알게 돼!!!

 알렉스로 살기
게일이랑 잘 풀렸다니 정말 기뻐

 크레이지 케이틀린 2001
진심? 정말 그렇게 믿어???

 삐딱한 사라
데스티니 짱

 데스티니는완벽해
정말정말 기뻐. 데스티니와 게일이 함께 있는 것만큼 아름다운 장
면은 본 적 없어

 핀 편
상어 옷 입은 고양이가 진공청소기 타는 비디오를 못 봤구만

5월 14일 일요일

엄마가 저녁에 방으로 들어와서는 책상 위에 폰을 툭 던지면서 새 비디오가 있다고 했다. 나는 그걸 컴퓨터로 옮겼다. 엄마는 "즐겁게 보렴" 한 마디를 남기고 나갔다.

지난번처럼 중국 사이트에 그걸 업로드 하고 음 소거 버튼 위에 손가락을 얹은 채 영상을 봤다. 노래 비슷한 거라도 나오면 바로 소리를 죽이기 위해서였다.

상상도 못한 일이지만, 이 비디오는 지난번 것보다 훨씬 더 나빴다. 엄마는 우리가 더 이상 한 가족처럼 함께 모이지 않는다고 내내 넋두리를 늘어놨다. 딸이 컴퓨터 앞에서 너무 많은 시간을 보내는데 엄마 곁에 더 자주 와서 수다도 떨고 했으면 좋겠단다. 그렇게 방에서만 시간을 보내는데 적어도 한 번쯤은 자기 방 청소를 해야 하는 게 아닌가...

알았어요, 엄마. 엄마 속셈이 보이네요. 늘 하는 잔소리를 브이로그에다 담으면 조금은 귀를 기울일 거라고 생각한 거죠? 쳇, 그럴 리가요. 나는 방바닥에다 양말 한 켤레를 내팽개쳐서 내가 전혀 귀 기울이지 않았다는 걸 보여줬다.

몇 분 뒤 엄마가 폰을 가지러 와서 인터넷은 그 영상을 어떻게 생각하는지 물었다. 나는 엄마한테 인터넷은 이렇게 생각한다고 대답했다. 누가 자기 방에 있고 싶어 한다면 원하는 만큼 있도록 허락해야 한다. 그 사람의 방 상태가 그렇게 못마땅하다면 아무 때나 불쑥 들어가면 안 된다. 엄마는 그렇다면 인터넷도 철들려면 아직 한참 멀었다고 했다.

5월 15일 월요일

집으로 걸어가는데 누가 다가오는 소리가 들렸다. 세바스찬일까 봐 긴장했지만 엠마였다. 엠마는 나랑 있는 걸 부끄러워하는 것 같지 않았다. 우리는 스완즈 애들한테 완전 찍힌 게 틀림없다.

나는 곧장 집으로 가지 말고 시내에 가서 다음번 쇼핑 비디오에 쓸 옷을 고르자고 제안했다. 옷을 보러 다니면 엠마의 기분이 좋아질 거라고 생각한 건데, 일은 그렇게 되지 않았다.

우리는 세일 중인 점퍼가 걸린 옷걸
이를 훑어보고 있었다. 그때 가게
저편에 있던 여자애 둘이 우리를
가리키며 낄낄거리는 게 보였다.

순간 나는 얼어붙었다. 처음 든 생각은 걔들이 내 옷이나 머리를
비웃고 있다는 거였다. 확실히 난 옷가게와는 전혀 안 어울리는
사람이니까.

하지만 걔들이 관심을 보인 대상은 내가 아니었다. 걔들은 엠마
한테 불쑥 다가와서 이렇게 말했다. "헐~ 어쩜 좋아. 너, 데스티니
지?" 데스티니의 표정이 순식간에 경멸로 바뀌었다. 스완즈 애들
과 있을 때 세바스찬이 다가오면 지을 법한 그런 표정이었다. 데스
티니는 아무 대꾸 없이 팬들을 밀치고 걸어 나갔다.

브이로그가 그렇게 유명해졌으니 이런 일이 닥칠 것을 예상했어
야 했는데. 나는 조회수를 컴퓨터 게임의 고득점처럼만 생각했지
그 뒤에 진짜 사람이 있다는 걸 잊어버렸다. 엠마는 결국 운명과
맞닥뜨린 거였다.

미리 예상했더라면, 데스티니한테 마음의 준비를 시킬 수 있었을
텐데. 데스티니답게 팬을 하나씩 안아주며 비명을 지르라고 했을

텐데. 이제 이 가련한 팬들은 곧장 페이스북과 트위터로 달려가서 현실의 데스티니는 정말 싸가지가 없다는 말을 퍼뜨릴 게 뻔했다.

나는 데스티니한테 달려가 드라마 연습을 하는 걸로 치자고 말했다. 데스티니가 방금 싹 무시한 그 여자애들은 옛 친구들인데 몇 달 만에 처음 마주친 걸로 상상하자고. 그러자 엠마가 즉시 데스티니 모드로 변신하더니 걔들한테 돌아갔다. 뒷일은 데스티니한테 맡겨뒀다. 데스티니는 자기 역할을 어떻게 소화할지 잘 알고 있으니까.

데스티니는 여자애들한테 반갑게 인사하고, 수다를 떨고, 심지어 셀카 포즈까지 잡아줬는데 그건 진짜 잘한 일이다. 팬들은 그 사진을 온라인에 공유할 것이고 그럼 브이로그에 대한 소문이 쫙 퍼질 거다. 이미지 폭망을 불러왔을 일이 대반전을 거두었다. 내가 거기 있었으니 얼마나 다행인지.

나도 연기를 할 수 있다면 좋겠다. 자신감 넘치고, 다정하고, 인기 있는 소녀의 캐릭터를 연기하며 그대로 영원히 머무르고 싶다.

5월 16일 화요일

밤에 새 비디오를 찍으러 온 캘럼이 씩씩거렸다. 여친하고 스타
벅스 앞에 서 있는데 맞은편 거리에서 여자애들이 달려오더니 캘럼
더러 사기꾼이라고 소리 질렀다고 한다. 심지어 감자튀김까지 던
졌단다. 결국 여친 메건과 함께 버스에 뛰어올라 달아났다고.

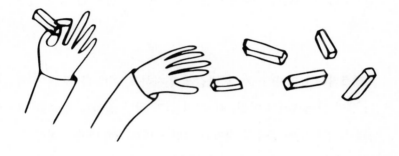

이 사건이 제발 내 브이로그와 아무 관계가 없기를. 하지만 캘럼
더러 사기꾼이라고 한 걸 봐서는 데스티니의 팬일 것 같은 느낌이
들었다.

죄책감 같은 게 느껴진다. 게다가 우리가 방금 만든 비디오는 혼
란을 더 부추길 텐데...

단어 연상 게임 ☆ 데스티니

안녕 얘들아! 어서 와. 단어 연상 게임 시간이야! 예에! 이건 아주 간단해. 내가 단어를 한 개 말하면 게일이 그 말과 관계있는 단어를 말하고, 내가 다시 게일이 말한 단어와 관계있는 다른 단어를 말하는 거지. 둘 중 하나가 말이 막히거나 이미 나온 단어를 말하거나 관계없는 단어가 나올 때까지 계속 하는 거야.

이 게임을 예전 학교에서 스테프와 해본 적이 있었다. 할 때마다 이 단어와 저 단어가 관계가 있느니 없느니 하는 논쟁으로 끝났  다. 한 번은 스테프가 나랑 일주일 동안 말을 안 했다. 내가 말한 '비닐봉지'라는 단어에 스테프가 이어서 '오토바이'라고 했는데 내가 두 단어의 관련성을 인정하지 않았기 때문이다. 스테프는 '둘 다 거리에서 볼 수 있는 물건이기 때문에' 관련성이 있다고 우겼다.

가끔 최고의 비디오는 실수로 만들어진다. 이 비디오에 대한 원래 아이디어는 게일의 주머니에서 립스틱이 바닥으로 떨어지는 거였다. 데스티니는 그걸 못 본다. 그래서 팬들이 댓글로 데스티니한테 그걸 알려준다. 하지만 실제로 벌어진 일이 훨씬 더 그럴싸했다.

나는 엠마와 캘럼한테 진짜로 그 게임을 하게 했다. 내가 대본을 써주는 것보다 더 쉬울 것 같아서였다. 몇 분 뒤 캘럼이 '친구'라고 하자 엠마가 '여자친구'라고 했다. 둘은 대본 없이 진짜로 게임을 하고 있었으니 머릿속에 처음 떠오른 단어를 정직하게 말할 수밖에 없었다. 캘럼은 '메건', 즉 현실의 진짜 여친 이름을 말해버렸다.

엠마가 게임을 멈추더니 왜 자기 이름을 말하지 않았냐고 캐물었다. 엠마가 진심으로 당황한 것처럼 보였기 때문에 캘럼은 어쩔 줄 몰라 하면서 실수라고 얼버무렸다. 둘 다 자기 캐릭터에 푹 빠져 있는 걸 보며 나는 기분이 좋았다.

캘럼과 엠마는 게임을 계속했다. 언제나처럼 팬들에게 댓글과 구독을 부탁하는 마무리를 하면서도 엠마는 게일의 실수에 대해 전혀 말하지 않았다.

한 시간 전에 비디오를 업로드 했는데 게일의 가장 충성스러운 팬조차 게일한테 등을 돌리고 있었다.

크레이지 케이틀린 2001
그래 마침내 진실이 드러났군. 친구로서 말할게. 게일은 메건이란 여자애와 함께 널 속이고 있어. 이제 증거가 생겼잖아? 끝내.

애슐리 여왕
3:14 여길 보면 게일의 얼굴에 죄책감이 확 드러나

클로에 C
그래서 뭐? 아무 증거도 아니야. 예전 여친 이름일 수도 있잖아

 커트니 H
그런데 그 이름이 맨 먼저 떠올랐다고? 어이가 없네

 알렉산드라 러브 하트
게일 계속 만나라고 투표해서 미안. 인정, 내가 틀렸어. 이제 너도
인정해야 돼

 불타오르는제이든
침대에 누우려는데 이걸 봄. 잠자긴 글렀다 ㅜㅜㅜㅜ

 짱근사한케이트
이게 뭐야 이럴 순 없어 이름을 말하고 좋지 않아 잘못을 느껴

 핀 편
멍청이 언어를 잘 아니까 내가 번역해주지. "네 남친은 믿
을 놈이 못 돼."

5월 17일 수요일

드디어 왔다! 이번 달 광고 수입 내역이 담긴 이메일. 열어볼까?
말까? 모르겠다. 좋아... 보자...

463.46달러

좋았어, 괜찮아. 다음 달에도 이 정도만 된다면 엠마 몫을 주고 나서도 뉴욕 여행비를 댈 수 있겠어. 미션 클리어. 그럼 데스티니 채널과 모든 소셜 미디어 계정을 삭제하고 잊어버리는 거지.

5월 18일 목요일

헉~ 데스티니 계정에 방금 이런 메시지가 들어왔다 :

안녕 데스티니, 우린 그저께 네 남친 게일이 다른 여자애랑 있는 걸 봤어. 증거 사진을 찍고 싶었는데, 달아나버리더라. 내 친구 트레이시가 감자튀김을 던져줬어^^

캘럼을 습격했던 애들은 역시 내 추측대로 데스티니의 팬이었다. 내가 이렇게 광적인 팬덤을 창조해냈단 말인가? 만약 걔들이 캘럼을 추적해서 죽인다면, 나도 같이 감옥에 가게 될까?

다 괜찮을 거다. 뉴욕 여행비만 마련하면 바로 브이로그를 삭제할 거니까. 그러기 전에 캘럼이 이런 애들과 다시 마주치지 않기를 바랄 뿐이다. 얘들은 정말 무시무시해 보인다.

5월 19일 금요일

점심시간에 엠마가 스완즈 대신 나와 함께 앉았다. 내가 광고 수입에 대해 말해줬더니 엠마는 무척 기뻐했다. 그러고는 브이로 그를 위한 아이디어 몇 개를 내놨는데, 그중 하나는 캘럼이 우연히 메건을 언급하게 해서 게일의 비밀 여친 메건의 캐릭터를 만들자는 거였다.

엠마는 심지어 메건을 비디오에 출연시키자고 했지만 겨우 설득해서 말렸다. 감자튀김 사건 이후로 메건의 안전이 걱정되는 상황이니까. 만약 팬들이 거리에서 메건을 알아보면 메건은 끝장이다.

대신, 다음 비디오에서는 엠마와 캘럼이 같이 있을 때 내가 캘럼의 폰에 전화해서 메건인 척할 계획이다. 이렇게 하면 메건을 더 이상 위험에 빠뜨리지 않고 게일의 비밀 연애 이야기를 이어갈 수 있다.

우리가 수다를 떨고 있을 때 애들 몇몇이 우리를 흘끔거리는 걸 알아챘고 나의 침착 지수가 내려가는 걸 느꼈다. 불행하게도 세바스찬이 우리 옆에 와서 앉았고 침착 지수는 다시 급강하하기 시작했다.

세바스찬은 혹시 브이로그 얘기를 하고 있냐면서 자기 도움은 필요 없냐고 물었다. 엠마는 싸가지 없는 표정으로 외면해버렸다. 나라도 뭐라고 대꾸해야 했지만, 어쩔 수가 없었다. 나도 세바스찬을 무시하고 말았다.

안다. 나도 안다. 나도 스완즈가 나한테 했던 거랑 똑같은 짓을 세바스찬한테 하고 말았다.

세바스찬이 앙심을 품고 협박을 해오면 어쩌지. 이제 언제라도 세바스찬이 학교 정문에서 나를 기다렸다가 엄청난 돈을 요구하는 상황에 맞닥뜨리게 될지 모른다. 그러면 난 수학여행 경비를 절대로 만들 수 없겠지.

제발, 제발, 제발 세바스찬이 새 게임에 홀딱 빠져서 우리 일은 까맣게 잊어주기를.

5월 20일 토요일

이런 일이 생길 줄 알았다. 오늘 아침 엠마가 집에서 나오다가 광팬들한테 환영을 받았다. 우리가 월요일에 봤던 그 애들이 집으로 가는 엠마의 뒤를 밟아서 엠마가 어디에 사는지 알아낸 거다. 그리고 오늘 아침 데스티니가 자기들과 시간을 보내주길 기대하면서 친구들을 다 끌어 모아 엠마를 찾아온 거다. 하지만 엠마는 넋이 나가서 다정하게 행동하는 게 불가능했다. 엠마는 벗어나려 했지만 걔들은 엠마 뒤를 몰래 따라왔다.

결과는 완전 멘붕. 엠마는 걔들한테 소름 끼치는 루저들이라고 소리 지르는 것으로 결말을 냈다.

내 생각에도 엠마 말이 맞다. 엠마의 집 앞에서 어슬렁거리는 팬들을 상상하니 정말 소름 끼친다. 하지만 화면에서 누군가가 다정하게 말을 걸어오는 모습을 계속 보고 있노라면, 그 사람이 현실에선 모르는 사람이란 걸 잊어버리기 쉽다. 만약 엠마가 냉정을 유지하고 데스티니 모드로 다정하게 이 사실을 설명해줬다면, 걔들도 충분히 알아들었을 텐데.

얼마 뒤, 엠마가 전화를 해서 브이로그를 그만두겠다고 했다. 나는 유명 배우가 되면 파파라치가 늘 따라다닐 건데, 이번 일은 그런 상황에 대비해 훈련할 수 있는 엄청 좋은 기회라고 설득해서 엠마의 마음을 겨우 돌려놓을 수 있었다.

이제 우리는 그 팬들 중 누군가가 말을 퍼뜨리기 전에 이미지 손상을 최소화할 수 있도록 새 비디오를 만들어야 한다.

5월 21일 일요일

사과 ☆ 데스티니

안녕 얘들아. 오늘 너희들 모두에게 할 말이 있는데.... 말하기가 아주 힘들어... 왜냐면 너희들이 잘못한 걸 말해야 하니까.

어제 아침에 현관을 나서는데 팬들이 나를 맞았어. 걔들이 내 주소를 알아내서 우리 집까지 온 건 분명 잘못한 거 맞지....? 그래도 걔들의 응원에 감사 인사 정도는 했어야 했는데. 그러긴커녕 무례하게 굴었어.

그런 행동을 하다니 나 같지가 않고, 정말 미안해. 지난 며칠 너무 힘들었거든.

[여기서 엠마가 로키를 붙잡아 올리자, 로키가 싫다는 듯 꿈틀 거리며 얼굴을 찡그렸다. 비디오를 찍기 전에 진공청소기를 켜서 로키를 확실히 불쾌하게 만들어뒀기 때문이다.]

금요일에 폐렴 검사를 받으려고 로키를 수의사 한테 데리고 갔어. 다행히 괜찮았지만, 보다시 피 로키는 검사받느라 많이 놀랐어. 나도 엄청나게

스트레스 받았고, 그래서 나답게 행동하지 못했나 봐. 다시는 그러지 않겠다고 약속할게.

[엠마는 "하지만 다시는 우리 집에 오지 말아줘"라고 덧붙였다. 하지만 나는 그걸 편집했고 비디오는 긍정적인 멘트로 끝났다.]

이 비디오가 게일이 출연한 것만큼 뜨거운 반응을 얻을 거라곤 생각하지 않았다. 하지만 조회수가 금방 20,000뷰를 뛰어넘었다. 열성 팬들은 데스티니가 세수하는 비디오조차 열광적으로 시청할 것 같다.

댓글창도 평소처럼 북적거렸다 :

알렉스로 살기
이해해. 가엾은 로키가 힘들어하는데 네가 얼마나 걱정했을지

애슐리 여왕
도대체 어떤 또라이들이 집에까지 쳐들어감? 미친 거 아님?

앙마 리암 13
유명 브이로거가 되고 싶지 않으면 채널을 만들지 말았어야지

애슐리 여왕
너도 채널 있잖아. 내가 너희 집에 나타나면 어떨 것 같아?

앙마 리암 13
얼마든지 와. 우리 집 주소 알려줘?

픽시 선샤인
사생활을 존중할 줄 모르는 애들은 이름 공개해서 망신을 줘야 돼

핀 펀
하지만 그것도 걔들의 사생활을 존중할 줄 모르는 행동일 텐데

플래닛 케이트
#그래도 난 데스티니가 자랑스러워

크레이지 라이프 XD
네가 나빴지만 사과했으니 됐어. 주소 좀 가르쳐줘

알렉산드라 러브 하트
로키가 아파서 스트레스 받은 건 알겠는데 게일에 대한 진실을 외면하지 마. 제발 우리 얘길 들어

5월 22일 월요일

많은 팬들이 데스티니한테 메시지를 보내서 주소를 알려달라고 했다. 지난번 비디오를 찾아와도 된다는 뜻으로 이해한 걸까? 알 수 없는 일이다.

다른 한편으로, 이번 일은 우리가 필요할 때 데스티니 브이로그를 끝낼 수 있는 진짜 멋진 핑계가 되어줄 거다. 데스티니는 마지막 비디오에서 눈물을 머금고 이렇게 선언하면 된다. 너무나 많은 팬들이 사생활을 침범해 오기 때문에 그만두는 것 말고는 다른 선택의 여지가 없다.

오후 9시

엄마가 방금 내 방으로 쳐들어와서는 자기 브이로그가 어떻게 돼가는지 알고 싶다고 했다. 나는 괜찮은 편이라고 둘러댔지만 엄마는 직접 확인하겠다고 우겼다. 그래서 중국 사이트에 로그인 했다가 엄마의 브이로그가 진짜 꽤 잘 돼가는 걸 보고 깜짝 놀랐다.

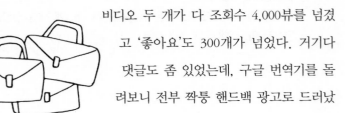

비디오 두 개가 다 조회수 4,000뷰를 넘겼고 '좋아요'도 300개가 넘었다. 거기다 댓글도 좀 있었는데, 구글 번역기를 돌려보니 전부 짝퉁 핸드백 광고로 드러났

다. 하지만 엄마는 그 사람들이 진짜로 자기한테 어울리는 핸드백을 추천해주려는 건지도 모른다면서 링크를 클릭해봐야 한다고 고집 부렸다. 왜 아직도 스팸이라는 게 있는지, 거기 속아 넘어갈 정도로 멍청한 사람이 과연 있을지 늘 궁금했는데 답이 나왔다.

5월 23일 화요일

블라인드 화장 도전 ☆ 데스티니

안녕 얘들아! 오늘은 특별히 게일이 마음에 들 거야, 내가 화장을 해 줄 거거든. 게다가 더 확실히 하기 위해 난 눈가리개를 쓸 거야. 게일, 너도 동의했어. 그러니 순전히 네 탓인 거야.

[엠마는 눈가리개를 쓰고 책상 위를 더듬었다. 엠마는 립스틱을 집어 들고 캘럼의 입 주위를 커다란 원을 그리며 발랐다. 엠마는 립스틱을 바르고 또 발랐고, 결국 캘럼의 얼굴은 아직 화장이 서툴러 입술만 살아 있는 초보 피에로같이 되고 말았다.]

게일 어때? 내가 보기엔 마스카라만 좀 발라주면 되겠는데. 댓글 남기는 거 잊지 마. 너희들 생각은 어떤지 궁금하니까.

[여기서 나는 밖으로 나가 캘럼한테 전화를 걸었다. 캘럼은 통화하기 곤란하다면서 전화를 끊어버리고는 찔린다는 표정으로 카메라를 흘낏 봤다. 엠마가 캘럼의 얼굴에 계속 화장품을 바르면서 깔깔거렸지만, 캘럼은 뭔가 심각하고 꺼림칙한 표정이었다.]

이때부터 팬들 거의 전부가 게일에게서 돌아섰다 :

파피 M
5:23부터 5:30까지 통화 내용을 들어봐. 볼륨을 높이면 여자애 목소리가 들려. '안녕 나야. 그냥 언제 돌아올 건지 궁금해서.' 메건이 틀림없어

크레이지 케이틀린 2001
게일하고 끝장내. 제발 여기 답장을 해줘 데스티니. 네가 읽고 있다는 걸 알아야 하니까

이사벨라365
헐 게일이 정말? 어쩜, 어떡해

클로에 C
게일 편이었는데 내가 틀렸어. 미안해

5월 24일 수요일

데스티니는 오늘 에밀리라는 사람한테 메시지를 받았다. 에밀리는 자신이 연구원이라고 했고, 나는 또 다른 의심스러운 상품 홍보를 제안받을 거라고 짐작했다. 그래서 메시지를 삭제하려는데 〈토킹 포인트〉라는 텔레비전 쇼에서 일한다는 문장이 보였다. 그 프로그램은 전문가 게스트와 스튜디오 방청객을 모아놓고 핫토픽에 대해 의견을 나누는 것이었다. 이번 주에는 브이로거에 대해 얘기를 나누려고 하는데 데스티니와 열성팬 몇 명을 초대하고 싶다고 했다.

처음에는 엠마가 데스티니로 TV에 출연하는 것에 대해 걱정이 되었다. 하지만 그 쇼를 구글에서 검색해보니 시시한 지역 방송이어서 수백만 명이 엠마를 볼 것 같지는 않았다. 그 쇼는 브이로그에 멋진 소재가 될 것이고 잘만 되면 비디오도 보너스로 업로드 할 수 있을지 모른다. 엠마가 어떻게 생각하는지 알아봐야겠다.

오후 9시

오늘 저녁 희한한 음악이 몇 번이고 계속해서 들려왔다. 나는 오빠가 관심 가는 새 비디오를 또 찾아낸 거라고 짐작했다.

그런데 30분 전에 엄마가 올라와서는 특별히 중국 팬들을 위해 새로운 비디오를 만들었다고 알렸다.

엄마는 '중국의 우산 춤'이라는 비디오를 발견하고 그걸 재창조하기로 결심한 거였다. 엄마가 계단 밑에서 찾아낸 부러진 회색 우산 대신에 예쁘고 화려한 우산을 사용했더라면 좀 낫지 않았을까 싶다. 게다가 오빠가 배경에서 손가락질하고 낄낄거리지 않았더라면 훨씬 나았을 텐데. 하지만 사실 어떻게 했더라도 별 볼일 없었을 거다.

그런 종류의 춤은 많은 사람들이 정확하게 동시에 추도록 만들어진 것 같았다. 무대 위에서 열 명의 사람들이 발끝으로 살금살금 걷고 빙빙 도는 것은 꽤 인상적이었다. 그런데 한 사람이 거실에서 그렇게 하니 미친 것처럼 보였다.

5월 25일 목요일

점심시간에 엠마 옆에 앉아서 TV 쇼에 대해 다 말해줬다. 엠마는 당장 하고 싶다고 했다. 엠마는 언제나 TV에 출연하고 싶어 했는데, 엠마가 꺄악 비명 지르는 걸 누가 봤다
면 세계적인 드라마 시리즈에 주연 자리라도 제안
받은 줄 알았을 거다. 내 생각엔, 찌질한 건강음료
광고에 비하면 한발 올라선 것 같기는 하다.

　진행자가 언짢게 굴지도 모른다고 경고하니, 엠마는 이제 항상
데스티니의 캐릭터를 유지할 수 있다고 약속했다.

　나는 에밀리 씨한테 제안을 받아들이겠다고 답장했다. 그래도
될지 100% 확신은 안 들었지만, 그래도 우리는 남은 시간을 준비
에 집중했다.

오후 8시

　엄마의 댄스 비디오는 벌써 조회수 1,000뷰가 넘었고 심지어 리
액션 비디오까지 등장했다. 중년의 중국인 여자가 5분 동안 정말
빠르게 말을 늘어놨는데, 그녀가 화를 내는 건지 기뻐하는 건지는
모르겠지만 난 이렇게 생각하기로 했다. 그녀는 엄마가 자기 나라
를 모욕했다고 비난하면서 다시는 비디오를 만들지 말라고 경고
한 것이다.

5월 26일 금요일

TV 쇼는 일요일 정오부터 생방송으로 나간다. 엠마는 마지막 10분 분량에 출연한다. 시마 오스만이라는 진행자는 아마 엠마한테 브이로그가 순진한 젊은이들의 생각을 왜곡시키지 않느냐고 물을 거다. 하지만 자기들이 TV 쇼에서 하는 어리석은 짓이 바로 그건지는 모르겠지.

에밀리 씨는 데스티니한테 쇼의 방청객으로 열성 팬 몇 명을 추천해달라고 했다. 그래서 나는 브이로그의 댓글창에 공지사항을 올려 열성 팬 몇 명이 더 필요하다고 했다.

내가 TV 쇼 출연을 자원했다는 걸 믿을 수가 없다. 세상에서 그런 짓을 하지 않을 유일한 사람이 바로 나인데 말이다. 브이로그를 만들려고 나 자신을 찍으려 했던 시도조차 기억하고 싶지 않다. 내 얼굴이 TV 화면을 통해 나온다는 생각만 해도 막 메스꺼워진다.

하지만 나는 엠마의 인터뷰를 위해 거기에 있어야만 한다. 시마 오스만은 엠마와 얘기를 나눈 뒤, 열성 팬들에게 질문을 하고 싶어 할 거다. 내가 같이 있어야, 사전 준비를 철저히 할 수 있고 일이 잘못 풀릴 가능성도 줄어든다.

5월 27일 토요일

TV 울렁증 ☆ 데스티니

안녕 얘들아. 오늘 난 아주 예민해. 왜냐하면... 사실은... 내일 〈토킹 포인트〉에 출연할 거라서. 꺄아아아아악!

알아, 알아. 지금 내가 하고 있는 건 TV와는 많이 다르지. 내가 이걸 녹화할 때는 친구랑 수다 떠는 것 같아. 맞아, 늘 말하지만, 너희들은 모두 나의 베프니까.

내일 난 방청객과 카메라와 조명과 마이크로 둘러싸인 스튜디오에 있을 거야. 생각만 해도 심장이 쫄깃쫄깃해.

그러니까 행운을 빌어줘. 댓글로 응원해주고, 가능하면 쇼도 봐주고, 내일 나를 응원하러 함께 가주는 열성 팬들 모두 진짜 고마워.

비디오를 포스팅 하고 나서, 엠마한테 내일 나올 만한 질문에 대답해보라고 했다 :

- 브이로그가 요즘 왜 이렇게 인기가 있는가?
- 어떻게 브이로그를 시작하게 됐는가?
- 자신의 브이로그를 계획하는 사람들에게 어떤 조언을 해주겠는가?
- 어떤 유형의 비디오가 가장 만들기 좋은가?
- 브이로그가 청소년 세대를 오직 이모티콘으로만 자신을 표현하는 좀비로 만들고 있지는 않은가?

예행연습을 한 게 다행이었다. 처음에 엠마는 인터뷰가 드라마 수업이나 되는 것처럼 데스티니에 대한 멍청한 뒷이야기를 지어냈다. 못된 계모가 다락방에 가뒀는데, 오래된 캠코더를 하나 발견하고 그걸로 비디오 일기를 찍으면서 자신을 표현하는 방법을 배웠단다. 엠마가 TV에서 그런 말도 안 되는 얘기를 털어놨다간 데스티니가 가짜 캐릭터라는 걸 다들 알아차릴 거다.

나는 엠마를 도와 그럴싸한 대답을 만들고 연극 대사를 연습하

듯 그 대답을 몇 번이고 되풀이했다.

엠마가 가고 나서 오늘 올린 비디오의 댓글을 읽어봤다. 놀랍지도 않지만, 아직도 대부분의 팬들은 TV 쇼보다는 게일 이야기를 원했다 :

크레이지 케이틀린 2001
미안한데 지난번 비디오에 단 내 댓글 보긴 했니? 댓글 하나하나다 읽는다면서? 게일은 어쩔 건데?

알렉산드라 러브 하트
행운을 빌어 ♡♡♡

파피 M
TV 쇼 같은 건 관심 없어, 게일이랑 어쩔 거야? 지난번 비디오의전화 소리 들어보기나 했어?

핀 편
이 쇼 언제 해? 확실히 알아야 안 볼 수 있으니까

애슐리 여왕
게일은 차버려. 안 그러면 내가 팬질을 끝낼 거야

클로에 C
다들 너무들 한다. 데스티니가 어쩔 셈인지 아무도 모르는데. 게일은차버려야 하지만 그래도 나는 TV 쇼에서 내가 할 질문을 준비했다. 나는 게일에 대해 질문하는 대신, 엠마가 게일과 관련한 모든 증거(전화, 향수, 단어 연상 게임)와 맞닥뜨리도록 할 계획이다. 그러면 엠마는 화가 난 척하면서 대답을 거부하는 거다.

데스티니 채널에 그 비디오를 업로드 하면 폭발적인 인기를 얻을 게 확실하다. 그리고 브이로그를 전혀 보지 않은 TV 시청자들에겐 좋은 광고가 될 거다.

오후 9시

데스티니 계정에 방금 새 메시지가 들어왔다 :

안녕 데스티니. 넌 내가 누군지 모르겠지만 난 너랑 멀지 않은 곳에서 살아. 오늘 시내에서 게일이 다른 여자애랑 있는 걸 봤어. 게일은 걔 입술에 키스했고 그 장면을 내 폰으로 찍었어. 엠마가 업그레이드를 안 해줘서 카메라 화질이 별로지만 게일이라는 건 장담해. 네가 이걸 알게 되는 게 안타까워서 말하지 말까도 생각해봤어. 하지만 비밀로 하는 건 옳지 않다 싶어서 이걸 보내는 거야. 절대로 너희 둘 사이를 망치려는 건 아니야. 하지만 이제 게일과 끝내야 할 물증이 생긴 거지! 이 영상을 네 브이로그에 사용해도 난 상관없어. 읽어줘서 고마워, 나타샤 G.

첨부된 비디오는 쇼핑센터 발코니에서 찍은 거였다. 캘럼이 여친

메건과 키스로 인사를 나누고 커피 스탠드에 줄을 서는 장면이었
다. 내가 보기엔 게일이 확실했지만, 누군가 다른 사람이라 주장해
도 충분할 만큼 화질이 좋지 않았다.

데스티니는 영상을 브이로그에 사용해도 된다는 나타샤의 제안
을 받아들인다. 데스티니는 영상 속 남자애가 진짜 게일인지 확실
치 않다면서 팬들에게 의견을 묻는다. 댓글창은 미쳐 돌아갈 테고
조회수는 다시 한 번 급등할 거다. 아싸!

5월 28일 일요일

TV 스튜디오에서 집으로 돌아오니 오후 3시였다. 집에 도착하자마자 나는 데스티니 채널을 삭제했다. 그리고 침대로 가서 이불을 머리끝까지 뒤집어쓰고 오늘 벌어진 일을 생각하지 않으려고 노력했다. 지금은 저녁 7시. 아직도 너무 두려워서 폰이나 컴퓨터를 볼 엄두가 나지 않는다. 견딜 수가 없다.

엠마가 캐릭터에 몰입할 수 있도록 나는 스튜디오로 가는 버스 안에서 침묵해야 했다. 나도 열성 팬 캐릭터로 들어가야 할 것 같았지만, TV 쇼 생각에 너무 긴장해서 똑바로 생각하기 힘들었다. 기억해야 할 질문을 그렇게나 길게 준비한 게 진심으로 후회되기 시작했다.

접수처로 가니 이름표를 주면서 복도 끝에 있는 초록색 방으로 가라고 했다. 그 방에 가니 우리처럼 이름표를 붙인 사람들로 가득했다.

내가 대기실에 마련된 간식을 살펴보는 동안 엠마는 화장을 했다. 공짜 감자칩, 초콜릿, 샌드위치에 둘러싸인 게 믿기지 않았지만, 너무 긴장해서 먹을 수도 없었다. 내가 그렇지, 뭐.

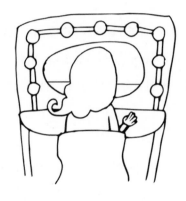

클립보드를 들고 있는 여직원이 나한테 다른 열성 팬들과 함께 방청석에 앉겠냐고 물어왔다. 나는 데스티니와 기다리는 게 낫겠다고 대답했다. 그랬더니 여직원이 데스티니 같은 유명인과 친구라니 운이 아주 좋다고 말했다. 그 순간 그 여자한테 다 말해버리고 싶은 미칠 듯한 충동을 느꼈다. 브이로그의 내용은 몽땅 다 내가 쓴 거다, 내가 바로 데스티니다! 다행히 그 충동은 곧 사라졌지만, 내가 뭣 때문에 그런 충동을 느낀 건지는 모르겠다.

엠마가 곧 화장을 마치고 돌아왔다. 우리는 클립보드를 든 여직원이 들어와서 사람들을 스튜디오로 데리고 가는 걸 지켜봤다. 기후변화 전문가인 백발의 여자와 그걸 믿지 않는 대머리 남자가 있었다. 두 사람은 대기실에서 서로에게 아주 친절했다. 그러나 카메라 앞에 서자마자 두 사람은 대격돌을 벌였다.

다음에는 양복을 입은 중년 남자와 보라색 드레스를 입은 여자가 집값인가 뭔가에 대해 얘기하려고 불려나갔다. 대기실 출입문 위쪽에 있는 화면을 통해 그 사람들을 보긴 했지만 뭐라고 하는지는 듣지 못했다. 내 머릿속은 내가 할 질문을 계속 연습하느라 너무 바빴다.

마침내 클립보드 여직원이 우리한테 왔다. 그녀는 우리를 데리고 긴 복도를 지나 검은 커튼으로 다가가서, 커튼을 젖히고 엠마한테 시마 오스만의 맞은편 의자에 앉으라고 했다. 그러고는 방청석 맨 앞의 빈자리를 가리켰다. 내가 앉아야 할 자리였다.

엠마한테 행운을 빌어주고 내 자리로 곧장 갔다. 스튜디오는 화면으로 보는 것보다 작아 보였지만, 내 뒤로 방청석이 열 줄 정도 더 있었다.

엠마는 의자에 앉아서 머리를 매만지고 손을 무릎 위에 얹었다. 인터뷰가 시작되자마자 엠마는 데스니티 모드로 들어갔다. 시마 씨의 질문은 다 우리가 준비했던 것이었고, 엠마는 대답을 완벽하게 술술 풀어놓았다.

모든 것이 너무 순조로웠다. 재앙이 다가오고 있다는 걸 미리 눈치챘더라면 얼마나 좋았을까. 나는 엠마한테 너무 집중한 나머지 뒤쪽에서 야릇한 냄새가 퍼지는 걸 전혀 알아차리지 못했다.

엠마와 몇 분 동안 수다를 떤 뒤, 시마 씨가 커다란 무선 마이크를 집어 들고 방청석으로 다가왔다. 팬들 중에서 질문할 사람이 있냐고 묻자 내가 먼저 손을 번쩍 들어올렸다.

이때다. 이 순간을 위해 나는 하루 종일 연습을 했다.

카메라맨이 달려와서 카메라를 내 얼굴에 들이댔다. 우리 위쪽 화면에 내 얼굴이 커다랗게 들어찬 게 보였다. 나는 긴장한 것처럼 보였고 그게 나를 더욱 긴장시켰다.

내 심장은 쿵쾅거리고, 손바닥은 땀으로 흥건히 젖고, 입술은 바짝 말랐다.

시마 씨가 마이크를 내 앞에 들었다. 그녀의 어깨 너머로 엠마가 나한테 미소 짓는 게 보였다. 엠마는 자기 몫을 해냈다. 이제 내 차례다.

내 머리 위 화면에 내 얼굴이 보였다. 내 얼굴은 전혀 말하고 있는 것 같지 않았다. 그리고 저 냄새는 도대체 뭐지? 저 냄새 때문에 미칠 것 같다.

아침 내내 나는 답변을 연습했다. 단어 하나하나가 내 마음속에 새겨져 있었다. 향수, 단어 연상 게임, 전화. 이 단어들이 머릿속에서 둥둥 떠다니고 있었지만, 그것들을 어떻게 함께 묶어내야 할지 아무 생각이 안 났다.

내가 '향수'라는 단어를 겨우 말했다 싶은 순간, 시마 씨가 다시 오겠다고 하고는 방청석 뒤쪽을 향해 다른 사람은 질문 없냐고 물었다.

"저요!" 방청석 뒤쪽에서 목소리가 들렸다. 어디서 들어본 목소리라는 생각이 든 순간, 그 냄새의 정체를 알아차렸다.

그것은 치즈볼 냄새였다.

나는 휙 뒤돌아 세바스찬을 봤다. 녀석은 구겨진 청바지에 검은색 콜 오브 듀티 티셔츠 차림이었다.

세바스찬은 내가 브이로그에 올린 공지사항을 보고 찾아온 게 분명했다. 그런데 대체 여기엔 왜 왔지? 자기 브이로그를 홍보하러 왔나?

"질문 있습니다." 세바스찬이 마이크를 잡아채며 말했다. "당신은 실제로는 엠마 윌슨이면서 왜 '데스티니'로 가장하는 거죠? 당신은 캘럼 스미스를 왜 게일이란 이름으로 부르면서 자기 남친인 척하는 거죠? 팬들을 기만하는 거라는 생각 안 드나요?"

세바스찬이 돌아서 나를 보며 히죽 웃었다. 녀석의 치아교정기가 스튜디오 조명 아래서 번득였다.

내 몸이 의자 속으로 가라앉는 것 같았다. 무슨 말을 어떻게 해서 이 상황을 해결할 수 있을지 생각하려 애썼다. 하지만 머릿속에 떠오르는 거라곤 향수, 단어 연상 게임, 그리고 전화라는 단어밖에 없었다.

세바스찬이 마이크를 시마 씨에게 돌려주고 다시 앉았다.

엠마의 미소는 사라졌고 뺨이 시뻘게졌다. 잠시 침묵하던 엠마가 나를 가리켰다.

"그건 모두 올리비아의 아이디어였어요." 엠마가 말했다. "저는 올리비아가 시키는 대로 했을 뿐이에요."

시마 씨가 계단을 뒤돌아 내려와서 나한테 마이크를 들이밀었다. 카메라맨이 달려 내려와 내 앞에 쭈그리고 앉았다. "이 모든 게 사실인가요?" 시마 씨가 물었다.

절벽에서 추락하는 기분이었다. 나는 하루 종일 준비한 답변조차 제대로 말하지 못했다. 그런 마당에 데스티니의 진실을 해명한다는 건 불가능했다.

이마로 땀방울이 또르르 흘러내리는 게 느껴졌다. "어느 정도는." 나는 말했다. "하지만 이렇게까지 되리라곤 생각 못 했어요. 하다 보니 제가 감당할 수 없는 상황까지..."

옆자리에서 흐느끼는 소리가 들려 돌아보니 얇은 점퍼와 초록 드레스를 입은 어린 소녀가 있었다. 데스티니가 지난번 쇼핑 비디오에서 추천한 스타일 그대로였다.

시마 씨가 그 애 곁으로 성큼성큼 다가갔다. "데스티니의 열성 팬이군요?" 시마 씨가 말했다. "거짓이었다는 걸 알게 되니 어때요?"

"끔찍해요." 그 애가 소매로 눈을 닦으며 말했다. "데스티니는 믿을 만하다고 생각했는데."

이제 말할 수 있는 게 생각났다. 우리는 아무도 다치게 하지 않았고, 돈을 훔치지도 않았고, 심각한 거짓말을 하지도 않았다. 우리는 그저 멜로드라마 작가가 하는 것과 똑같이, 아는 사람처럼 느껴지는 캐릭터를 창조해냈을 뿐이다. 우리가 너무 빠져들게 만들었다면 미안하다고 말하고 싶다. 하지만 우리가 한 것은 사실 그렇게 나쁜 짓은 아니다. 하지만 나는 말을 할 어떤 기회도 얻지 못했다.

시마 씨가 자기 테이블로 돌아가서 시간이 다 되었다고 말했다. 화면 속 엠마는 의자에 웅크리고 앉아 얼굴을 가리고 있었다. 엠마의 두 번째 TV 출연은 건강 밀크셰이크 광고보다 훨씬 더 부끄러운 것이 되고 말았다.

클립보드 여직원이 방송이 끝났다고 알리자 스튜디오 옆쪽의 출입문이 열렸다. 방청객들이 느릿느릿 빠져나가기 시작했다. 엠마는 나한테 말 한 마디 없이 그 뒤를 따라 나갔다.

세바스찬이 어슬렁거리며 내려와서 내 앞에 멈춰 섰다. "데스티니한테 에이전트가 있었다면." 녀석이 말했다. "이런 일은 안 일어났을 텐데."

나는 여전히 어리벙벙해서 다른 말은 할 수가 없었다. "닥쳐, 치즈 냄새."

스튜디오는 금세 텅 비었고 나와 제작진만 남았다. 시마 씨는 책상 옆에 서서 종이를 간추리고 있었다.

"정말 고마워." 그녀가 말했다. "인생작이 나왔어."

하지만 내겐 인생 최악의 순간이었다.

5월 29일 월요일

엄마와 아빠는, 놀랄 일도 아니지만, 그 쇼를 안 봤다. 그래서 교훈적인 강의를 견뎌야 하는 비극은 피할 수 있었다. 하지만 부모님이 뭔가 잘못된 걸 알아차리지 못하도록 평범한 일상을 그대로 유지해야 할 필요가 있었다.

나는 아무렇지 않다는 듯 학교에 갔다. 사실은 침대에 눌어붙어 내년까지 자고 싶은 기분이었지만.

처음에는 그렇게 나쁘지 않았다. 아무도 그 TV 재앙을 언급하지 않았다. 어떻게 이런 일이? 하긴 지역 방송국의 토크쇼를 보는 한심한 사람이 과연 몇이나 되겠어?

하지만 소문은 곧 퍼졌다. 구내식당으로 걸어가는 동안 세 명을 차례로 만났다. 그 애들은 보고 있던 폰을 돌려서 클립 영상에 나오는 우리 모습을 보여줬다.

누군가가 그 영상을 유포한 게 틀림없었다. 보나 마나 치아교정기를 한 그 누군가겠지.

》》》———▷

급식 대기 줄에 서 있는데, 앞에 있던 하급생 남자애 하나가 나를 돌아보더니 "향수!" 하고 소리 질렀다. 나는 갑자기 식욕이 사라졌다.

나는 도서관으로 터덜터덜 걸어가서 뒤쪽 서가에 숨어 조용히 엠앤엠 초콜릿을 먹었다.

이 학교에서의 내 인생은 이제 끝났다. 나는 데스티니 계정을 삭제했고 더 이상 거기서 광고 수입을 얻을 수 없다. 하지만 혹시나 경비가 마련되더라도 이제 뉴욕에 갈 일은 없다. 누구라도 나한테 TV 대참사에 대해 물어올 테니까.

그냥 2년만 더 참고 견디면 된다. 그리고 내가 출연한 영상을 본 사람이 아무도 없는 대학에 가면 된다. 거기서는 아무도 재미 삼아 나한테 "향수!" 하고 소리치지 않을 테니까.

5월 30일 화요일

나는 참을 수가 없었다. 온라인에 접속해서 클립 영상이 올라와 있는지 확인했다. 데스티니의 팬들이 채널이 갑자기 사라져버린 이유를 알도록 누군가가 그걸 업로드 했을까 봐.

역시. 누군가가 그랬다. 누가 그랬는지 모른다면 진짜 바보다.

클립 영상은 바로 세바스찬의 채널 맨 위, '전문가 해설로 헤일로 5 완전 정복하기' 바로 위에 있었다. 녀석은 포스트 제목을 이렇게 붙여놨다. '브이로거 데스티니의 추악한 진실'. 미끼로는 멋진 제목이다, 치즈 냄새.

녀석의 다른 비디오들은 1,000뷰 정도인데 데스티니 클립 영상은 벌써 10,000뷰가 넘었다.

댓글들을 무시하려 애썼지만, 소용이 없었다 :

 크레이지 케이틀린 2001
진짜 토할 것 같아. 우리한테 왜 이러는 거야?
 게임짱 세바스찬
정말 유감이다. 다른 비디오들도 확인해보고 내 채널을 구독하길

 엘라 D
난 절대 데스티니의 팬이 아니야. 하지만 이거 보고 충격 먹음
 게임짱 세바스찬
정말 유감이다. 다른 비디오들도 확인해보고 내 채널을 구독하길

 클로에 C
아 눙물 나
 게임짱 세바스찬
정말 유감이다. 다른 비디오들도 확인해보고 내 채널을 구독하길

앙마 리암 13
이제 보니 내가 데스티니 채널을 놀린 게 아니라, 내가 놀림을 당하고 있었던 거네. 페어플레이 합시다, 숙녀 여러분

 게임짱 세바스찬
정말 유감이다. 다른 비디오들도 확인해보고 내 채널을 구독하길

 코하루99
데스티니 집에 가려고 비행기 티켓 샀는데, 이제 어떻게 해야 돼?

 게임짱 세바스찬
정말 유감이다. 다른 비디오들도 확인해보고 내 채널을 구독하길

그래 잘했다, 세바스찬. 댓글 수준하고는 ㅉㅉ 좀비를 죽이는 데 저격용 소총이 로켓탄 발사기보다 나은 이유를 설명하는 또라이의 2시간짜리 비디오가 잘도 데스티니 채널을 대신하겠다. 머저리 같으니라구.

5월 31일 수요일

오늘은 점심 도시락을 싸 가서 헤드폰을 쓰고 구내식당 뒤쪽에서 먹었다.

음악을 들으며 도리토스를 씹고 있는데 누군가가 내 팔을 쿡쿡 찔렀다. 또 누군가 향수를 갖고 드립 칠 것에 대비하면서 고개를 들었다. 그런데 엠마였다.

엠마는 스완즈에서 공식적으로 쫓겨났다고 했다. 너무 많은 애들이 TV 쇼를 가지고 엠마를 놀리자 재스민은 그 불명예가 자기들한테까지 번질까 봐 걱정되었다. 그래서 엠마 대신 베다니라는 애를 영입했다. 베다니는 멤버가 되기 위해 몇 년 동안 기다려온 애다.

나는 엠마한테 그런 엄청난 비극을 안겨준 것에 대해 사과했다. 엠마는 별거 아니라면서, 머지않아 모두들 잊어버릴 게 분명하다고 했다. 하지만 그때 주위 애들이 우리를 가리키면서 웃어댔고, 우리는 자리를 피해야 했다.

6월 1일 목요일

우리의 TV 대참사를 담은 세바스찬의 클립 영상은 50,000뷰를 기록했다. 거기다 리액션 비디오까지 달렸다.

'브이로거 데스티니의 추악한 진실' - 리액션 ☆ 루비 리액션

맞아, 난 전에 데스티니 채널을 봤어. 그런데 며칠 전에 갑자기 채널이 삭제됐고 모두들 무슨 일인지 알고 싶어 했어. 보아하니 이 비디오가 그걸 설명해줄 모양이네. 한번 볼까.

[지난번 비디오처럼 루비는 화면을 빤히 쳐다봤고, 오른쪽 윗부분에 작은 창으로 TV 쇼 영상이 재생되고 있었다.]

데스니티가 TV 쇼에서 자기 브이로그에 대해 얘기하는 중인데, 내가 뭘 놓친 거지? 어떻게 이게 채널 삭제 이유에 대한 설명이 되는 거야?

[루비가 황당하다는 듯 화면을 쳐다봤다. TV 쇼는 내가 질문을 하려는 시점으로 조금씩 향하고 있었다. 나는 차마 그걸 보고 싶지 않아서, 화면 위쪽을 가렸다.]

향수? 얘가 하려는 향수 얘기가 뭐야? 이해가 안 되네. 내가 보고 있는 게 대체 먼지 누가 설명 좀 해줄래? 어, 치아교정기를 한 남자애가 지금 질문을 하고 있어...

[루비는 입을 떡 벌린 채 세바스찬의 한심한 연설을 지켜봤다.]

어머, 어머... 이게 뭐야? 사기라니? 전부 다 사기라고? 팬들한테 왜 이런 짓을 한 거야? 안 돼, 이럴 순 없어. 난 도저히...

[루비는 화장지를 뽑아 들고 눈자위를 문질렀다. 루비가 왜 그렇게 화를 내는지 이해는 된다. 어쨌든 데스티니의 비디오를 보는데 자기 인생의 5분을 고스란히 바쳤으니까.]

이번에야말로 나는 리액션 비디오에 리액션을 찍고 싶었다. 루비의 비디오는 늘 저 모양이다. 이것도 사기 아닌가. 루비의 채널을 둘러봤는데 대부분의 비디오가 결말이 같았다. 루비는 감정을 이기지 못하고 울면서 이렇게 말한다. "난 도저히..." 그리고 끝. 뭐, 루비는 비디오를 볼 때마다 늘 그렇게 느끼는 모양이다. 그래, 그렇겠지.

6월 2일 금요일

그래서 지금은 뭘 하면서 저녁을 보내냐고? 엠마와 캘럼은 더 이상 우리 집에 오지 않고, 대참사를 떠올리기 싫어서 이젠 다른 브이로그도 보지 않는다. 다른 취미를 가져야겠지만, 딱히 하고 싶은 게 생각나지 않는다. 그래도 세바스찬 녀석을 죽일 좋은 방법은 생각날 것 같다.

6월 3일 토요일

데스티니의 모든 에피소드를 뒤로하고 새 브이로그를 시작하기로 결심했다. 이번에는 잘못될 일이 없을 거다. 왜냐하면 로키가 주인공이니까. 내가 자기들을 속였다고 따지고 나설 존재는 아무도 없을 거다. 고양이들은 노트북이나 폰을 쓸 줄 모르니까.

로키의 첫 비디오는 이미 구상해뒀으니 이제 소품을 마련하러 정원에 좀 나가봐야겠다.

6월 4일 일요일

환영 인사 ☆ 로키

모두들 안녕! 내 이름은 로키야! 나의 첫 브이로그에 온 걸 환영해. 난 여름 나들이로 브이로그를 시작할까 해.

방금 정원에 나갔다 왔는데 보다시피 나뭇잎 한 개, 초콜릿바 포장지 하나, 그리고 죽은 거미 한 마리를 장만했어.

너희도 나들이를 나가거든, 주운 것을 주인의 발아래에 갖다 놓고 존경심 어린 눈빛으로 주인을 쳐다보는 걸 절대 잊지 마.

[나는 로키의 목소리를 우스꽝스럽고 톤이 높은 소리로 냈다. 로키는 자기가 거친 사냥꾼이라고 생각하니까 이 목소리가 마음에 들지 않겠지만, 영상과는 잘 어울렸다.]

이제 아침 일과를 소개할게. 난 새벽 4시쯤 일어나서, 아무 이유도 없이 계단을 오르락내리락 뛰어다녀. 그리고 6시쯤 사람들 몸 위에 뛰어올라서 잠 깨우는 걸 좋아해.

낮잠을 잔 뒤엔, 밖에 나가고 싶다는 듯이 뒷문을 박박 긁는 걸 좋아해. 하지만 누가 문을 열어줘도 안 나가고 그냥 안에 있어. 그렇게 빈둥거리다 보면 눌러앉을 편안한 자리를 찾아야 할 시간이 되는데, 내 안식처로는 누가 쓰고 있는 노트북이 최고지.

로키는 진짜로 이런 짓을 한다. 한번은 에세이를 쓰고 있는데 로키가 노트북 자판 위로 걸어와서는 내가 쓴 에세이를 전부 선택한 뒤 삭제해버렸다. 이건 순전히 우연이겠지만, 내 샌드위치를 좀 달라는 로키의 요구를 거부한 직후에 일어난 일이었다.

방금 비디오를 업로드 하고 조회수가 늘어나기를 기다리고 있다. 지금까지 딱 3뷰밖에 안 되지만, 참을성을 가져야 한다. 로키의 팬들이 어딘가로 외출해서 그런 게 분명하다.

6월 5일 월요일

점심시간에 엠마가 내 옆에 앉았다. 이제 아무도 쇼를 가지고 우리를 놀리지 않아서 다행이다.

이몬이라는 후배 남자애가 아이들 이마에 매직펜으로 그림을 그려서 정학을 당했다. 그래서 지금은 다들 그 애 얘기를 하고 있다.

엠마한테 로키 브이로그에 대해 말하자 엠마도 좋은 아이디어라고 맞장구쳐줬다. 엠마는 자기네 드라마 동아리에서 연출하는 뮤지컬 〈그리스〉의 여주인공 샌디 역에 지원할 생각이라고 했다. 그래서 저녁에 다시 바빠질 거란다.

구내식당 저편에 세바스찬이 평소보다 훨씬 큰 치즈볼 봉지를 들고 있는 게 보였다. 우리 TV 쇼 영상을 업로드 해서 벌어들인 수입으로 저걸 산 게 아니기를.

6월 6일 화요일

흠. 로키의 브이로그는 조회수가 고작 20뷰다. 수천의 조회수에 익숙한 사람에게 20은 숫자도 아니다. 지금까지 유일하게 받은 댓글은 하루에 200달러 이상 벌 기회를 제공하겠다는 스팸 링크였다. 물론 그런 일은 절대로 일어나지 않는다. 차라리 죽은 거미가 더 가치 있다고 생각하는 게 더 현실적이지.

6월 7일 수요일

좋은 소식. 엠마는 뮤지컬 〈그리스〉에서 샌디 역을 차지했고, 캘럼은 대니 역을 맡았다. 감독이 둘의 케미가 환상적이라고 했다는데, 그건 내가 보증할 수 있다. 엠마가 브이로그를 통해 TV 쇼라는 대참사 말고 다른 뭔가를 얻게 돼서 기쁘다. 캘럼도 브이로그를 통해 화난 여자애들이 던진 감자튀김 말고 다른 뭔가를 얻게 돼서 기쁘다.

6월 8일 목요일

로키 비디오는 아직도 28뷰밖에 안 되고 진짜 댓글도 없다. 로키 브이로그는 결국 그렇게 대단한 아이디어는 아니었구나 하는 생각이 든다.

아, 안다. 로키는 '기분 나쁜 고양이'나 '키보드 고양이'나 '기괴한 울음소리 고양이' 같은 스타 파워는 없다. 그리고 로키가 바라는

보상은 그저 고양이 비스킷 몇 개일 뿐이다.

이제 어떡하지? 화려한 데스티니 시절로 돌아갈 수는 없지만, 그 래도 어쨌든 브이로깅은 계속 하고 싶다. 사실 이제 돈은 아무 상 관 없다. 그저 브이로깅이 즐거울 뿐.

6월 9일 금요일

데스티니 아이디어가 떠오르기 전에, 브이로그를 하려고 만들었 던 나의 첫 비디오를 다시 찾아서 봤다. 역시나 끔찍했다. 하지만 문득 이런 생각이 들었다. 그건 내가 멋있는 브이로거 캐릭터를 만 들어내려고 했기 때문이 아닐까? 다시 한 번 해보면 어떨까? 이번 에는 그냥 나답게.

내가 이 비밀 일기처럼 브이로그에서도 정직하게 행동한다면, 그 런 걸 좋아하는 사람들이 있을지도 모른다. 브이로그 이름을 이렇 게 붙이면 어떨까? '올리비아는 진실을 말한다'.

문제는 여전히 내가 나오는 영상을 내 눈으로 보고 싶지 않다는 거다. 그런데 내가 찍힌 영상을 굳이 볼 필요가 있을까? 녹화한 뒤에 그걸 편집하거나 확인하지 말고 그냥 그대로 업로드 하면 되지 않나?

그래, 그렇게 하는 편이 낫겠다. 그런다고 해서 더 잃을 것도 없지 않나.

6월 10일 토요일

진실한 브이로그 ☆ 올리비아는 진실을 말한다

안녕! 내 채널에 온 걸 환영해. 여긴 그냥 다른 브이로그랑 마찬가지일 거야. 내가 모든 것에 대해 완벽하게 정직하다는 것만 빼면.

[나는 얼굴 위로 조명도 비추지 않았고 화장도 하지 않았다. 마치 먼 곳에 있는 친구랑 스카이프를 하려고 한밤중에 침대에서 빠져나온 사람 같았다. 내가 원하는 게 그거였다. 누가 봐도 거짓 한 점 없는 진실한 브이로그.]

내가 얼마나 정직하냐면 말이지, 내 방 투어를 해볼까? 어디 보자. 형편없네. 방바닥은 음식물 포장지, 양말, 책들로 뒤덮여 있어서 지나다니기도 어려워. 그래도 침대하고 방문하고 이 컴퓨터 사이엔 확실한 통로가 있으니까 그거면 충분해.

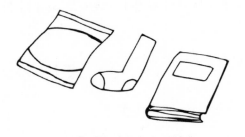

10분 동안, 내가 얼마나 게으르고 얼마나 정리를 싫어하는지 떠벌리면서 이런 식으로 녹화를 계속했다. 그리고 녹화가 끝나자마자 업로드 해버렸다. 차마 눈 뜨고 못 볼 영상이겠지만, 어쨌든 카메라에 대고 떠드는 게 재미있었다.

지금까지 조회수 0, '좋아요' 0, '싫어요' 0. 예에! '싫어요'가 0이다! 나는 '싫어요'를 세상에서 가장 적게 받는 걸로 유명한 브이로거가 될 것이다.

6월 11일 일요일

존재하지 않는 팬에 관한 진실 ☆ 올리비아는 진실을 말한다

모두들 안녕! 근데 '모두들'이라... 지난번 비디오 조회수가 0이니까, 이것도 아마 0일 텐데. 그렇다면, 안녕, 노바디!

웃기지 않니? 만약 내가 혼자 여기 앉아서 중얼거리고 있다면 난 미친 거겠지. 하지만 내가 혼자 여기 앉아서 중얼거린 걸 업로드 하고, 단한 사람이라도 그걸 본다면, 난 브이로거가 된다는 게.

새로 채널을 시작했다면 다른 사람들, 특히 유명한 브이로거 채널에 댓글을 달고 링크를 포스팅 하는 게 좋아. 하지만 난 그렇게 안 할 거야. 이미 쓴맛 단맛 다 봤으니까. 난 브이로거일까, 미친 걸까?

[이렇게 아무 말이나 해대면서 몇 분 찍고 나자 지루해져서 그냥 업로드 해버렸다. 두 시간 뒤에 뷰를 하나 받았다. 정말 기뻤다. 하지만 순간 세바스찬이 나를 사이버 스토킹 하는 건지도 모른다는 생각이 들자 소름이 쫙 끼쳤다.]

오후 10시

새 비디오에 첫 댓글이 달렸다. 당연히 스팸이었다 :

^^펀비즈^^
이 비디오 진짜 웃긴다!!! funsite.fun에 더 많은 비디오 있음

나는 답을 달았다. '꼭 들어가봐야겠네. 겁나게 웃기는 새 바이러스를 찾고 있거든.'

이젠 하다 하다 스팸봇과 댓글 놀이나 하고 있다니. 그동안 뭔가에 이렇게 냉소적인 적은 없었는데. 스팸봇들이 폭동을 일으켜서 못된 프로그래머들을 타도해버렸으면 좋겠다.

오후 11시

잠깐, 잠깐, 잠깐만. 동작 그만. 진짜 댓글이 있다. 누군가가 내 비디오를 실제로 보고 진짜 글을 썼다.

나탈리 컵케이크
이거 봤어! 너 미친 거 아냐? 근데 잘 미쳤네 ㅋㅋ

6월 12일 월요일

점심시간에 엠마랑 구내식당에 앉아 있는데 스완즈 패밀리가 지나갔다. 엠마가 웃으며 "안녕" 하고 인사했다. 재스민과 그레이스는 입술을 깨물면서 무시했지만, 베다니는 우리를 쏘아보며 이렇게 말했다. "우린 사기꾼이랑 말 안 해."

베다니가 어떻게 우리더러 사기꾼이라고 부를 수 있는지 모르겠다. 자기들 패거리 자체가 사기인데 말이다. 스완즈 패밀리가 되려면 자신의 진짜 모습과는 상관없이 재스민처럼 진짜 싸가지 없는 인간이 하는 짓을 따라 해야 한다. 엠마는 스완이었을 때 여자애들이 가까이 있으면 싸가지 없는 표정을 지어야 했고, 남자애들이 가까이 있으면 밀크셰이크 광고에서처럼 머리카락을 탁 쳐서 넘겨야 했다. 하지만 그렇게 하는 걸 정말로 좋아한 적은 없었다고 한다.

내가 베다니한테 하고 싶은 말은 이런 거였다. 하지만, 언제나처럼, 내 입에서 나온 말은 이게 다였다. "닥쳐."

오후 내내 베다니한테 더 말을 못 해준 걸 속상해하며 시간을 보냈다. 집에 왔을 때도 여전히 화가 나 있어서 브이로그는 안 하고 싶었다. 그런데 갑자기 그걸 주제로 비디오를 만들어야겠다는 생각이 들었다. 마음속의 생각에 대해서도 정직해지는 거다.

인기 팸에 대한 진실 ☆ 올리비아는 진실을 말한다

안녕, 얘들아. 오늘은 인기 팸에 대해 말하려고 해. 모든 학교에는 자기들이 다른 애들보다 잘났다고 생각하는 패거리가 있고 우린 그걸 그냥 받아들여. 왜? 걔들이 학교의 왕족처럼 구니까, 우린 스스로를 착하고 하찮은 하인들처럼 여기고 굴복하게 되는 거지.

어머, 인기 팸이 나한테 말을 걸다니 믿을 수가 없어. 기분이 끝내줘! 어머, 인기 팸이 점심시간에 내 옆에 앉다니 믿을 수가 없어. 나도 그중 하나가 된 것 같아! 어머, 인기 팸이 내 점심값을 빼앗고 내 머리를 세면대에 처박고 물을 틀다니 믿을 수가 없어. 정말 운도 좋아!

이러고 계속 떠들어댔더니 숨이 가빴다. 싹 내뱉고 나니 기분이 끝내줬다. 신기하게도, 이런 문제에 대해서는 살아 있는 사람보다 카메라에 대고 말하는 게 훨씬 쉬웠다. 내가 너무 화난 것처럼 보일까 봐 비디오를 업로드 하는 게 망설여졌지만, 내 브이로그를 보는 사람이 아무도 없다는 게 떠올랐다. 어차피 아무도 안 보는데 무슨 상관이야?

6월 13일 화요일

아침에 브이로그를 확인하니 마지막 비디오가 134뷰를 기록했다. 이건 기대한 것보다 훨씬 많은 숫자였다. 정확히 134개가 더 많았다. 데스티니 수준의 인기는 아니지만, 로키가 달성한 것보다는 어쨌든 앞섰다.

약 오르지, 로키? 저 심술 난 표정 좀 봐!

오후 10시

내 브이로그는 이제 1,514뷰를 기록했다. 내 고양이 로키는 말할 것도 없고 엄마보다도 훨씬 많은 조회수다. 하루 만에 우리 집에서 가장 인기 있는 브이로거 3위에서 1위로 우뚝 올라선 거다.

그리고 진짜 댓글도 있었다. 스팸봇도 아니고, 스팸꾼도 아니고, 자기자랑꾼도 아닌, 진짜 인간이 단 댓글 말이다 :

초콜릿 먹는 모건
♡♡♡ 네가 우리 학교 다니면 함께 앉아서 '글래머 갱' 애들 비웃어줄 텐데. 우리 학교에서 제일 잘나가는 패거리 이름이 그거야. 슬픈 일이지

케일리 B
우리 학교에도 그런 패거리 있어. 짱은 카렌이란 앤데 내 물건쯤은 막 가져가도 된다고 생각하나 봐

클라라 쿠키
완전 굿. 비디오 더 올려줘 플리이이이이즈 그럼 바아아아이

앙마 리암 13
솔직히 널 디스하려고 들어왔어. 근데 삶이 이미 널 충분히 괴롭힌 모양이다

초콜릿 먹는 모건
네가 여기서 뭐라 하든 우린 신경 안 써
#올리비아팬덤

데스티니라는 허구의 캐릭터가 아니라 나에 대한 댓글을 읽는 게 낯설었다. 물론 악플도 몇 개 있었다. 이젠 악플의 대상이 실제 나니까 데스티니 때보다 더 화가 나야겠지만, 그딴 것엔 신경 쓰지 않을 생각이다. 이런 어그로들은 자기 분노를 아무나 다른 사람한테 마구 쏟아내는 불행한 사람들이니까. 아마 애들도 자기네 학교에서는 아웃사이더일 거다. 바로 나처럼.

　오히려 나는 이런 애들이 안돼 보인다. TV 생방송에서 치즈 냄새를 풍기는 괴물한테 복수를 당하고 나니, 이젠 닥치는 대로 다는 이런 댓글 따위엔 상처도 받지 않는다. 반대로 긍정적인 댓글도 마찬가지다. 이젠 그런 걸 봐도 그냥 기분이 묘할 뿐이다.

　현실 생활에서도 누군가가 나한테 긍정적인 말을 하면 몹시 당황스럽다. 선생님이 내가 쓴 에세이가 마음에 든다고 하거나, 친척이 내가 많이 컸다고만 해도 그렇다. 그런데 모르는 애가 나더러 자기 학교에 와서 자기 친구들을 같이 씹어주기를 바란다니, 웃기지도 않는다.

　조만간 비디오 댓글을 그만 읽어야 할 것 같다. 그렇게 되면 나를 미워하는 사람들의 비난을 안 봐서 좋지만, 나를 좋아하는 팬들의 칭찬도 거부하는 셈이 된다. 에이구, 이러나저러나 내가 미쳐가나 보다.

6월 14일 수요일

오늘 밤에도 오빠는 옆방에서 늘 보는 비디오를 보고 또 보고 있었다. 다음 비디오를 찍으려는데, 오빠의 웃음소리가 배경음으로 너무 시끄럽게 들리면 어쩌나 싶어 걱정이 됐다. 우리가 물개를 불법으로 가둬둔 게 아닌가 해서 동물 보호관이 확인하러 올지도 모른다. 그래서 불평하러 오빠 방으로 갔더니, 오빠는 오히려 비디오 볼륨을 높이고 더 크게 웃어댔다. 아 진짜, 인생에 전혀 도움이 안 되는 인간이다.

나는 비디오에다가 분노를 뿜어냈다 :

오빠에 대한 진실 ☆ 올리비아는 진실을 말한다

들어봐. 이건 오빠가 웃는 척하는 소리야. 왜냐면 내가 방금 시끄럽다고 했기 때문이지. 날마다 오빠는 똑같은 비디오 다섯 개를 보고 또 보면서 매번 처음 보는 것처럼 저렇게 낄낄대. 소리를 조금만 낮춰달라고 하면, 볼륨을 더 키우고 저렇게 억지웃음까지 만들어내.

[나는 말을 멈춰서 팬들이 '무한 도전 모음'의 시작 소리를 들을 수 있게 했다. 누군가가 스케이트보드에서 쿵 떨어지는 소리, 고통에 찬 비명 소리, 뒤이어 오빠가 지르는 "하 하 하" 웃음소리가 들렸다.]

나한테는 왜 다른 사람들처럼 정상적인 오빠가 없을까? 다른 브이로거들은 형제자매들이 서로 비디오에 태그를 달아주고 그러던데. 만약 오빠한테 같이 비디오를 만들자고 했다간 팔이 비틀려서 죽도록 비명을 지르게 될지도 몰라. 생각해보니, 이건 예전에 가족 여행 갔을 때 이미 당한 일이네.

[나는 말을 멈추고 다시 오빠 방에서 나는 소리가 들리게 했다. 오빠는 나를 괴롭히려던 건 그새 싹 잊어버리고 본래의 순수한 웃음소리로 돌아가 있었다.]

어쨌든 저건 물개를 분쇄기에 집어넣는 소리는 아니네. 오빠가 진짜로 웃을 땐 그런 소리가 나거든. 맞아, 같은 집에서 살기엔 너무 견디기 어려운 생명체지.

비디오를 업로드 할 때까지도 화가 덜 풀렸다. 시청자들이 내가 악랄하고 오빠가 가엾다고 생각할까 봐 살짝 걱정됐다. 하지만 그건 순전히 나만의 생각일 뿐이었다 :

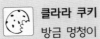
클라라 쿠키
방금 멍청이 오빠의 고함 소리를 피해 들어왔는데 이걸 보고 있으니 너어어어어무 힘이 난다. 그럼 바아아아아아아이!

호박공주
ㅋㅋㅋㅋㅋ 졸 웃김

젤리 락
우리 오빠는 웃으면서 손뼉까지 치는데 뭘. 손뼉 안 치면 웃지도 못해. 너네 오빠보다 물개랑 훨씬 닮았을걸!

초콜릿 먹는 모건
우리 오빠도 똑같아. 경고하는데 너네 오빠가 자기 손가락 당겨보라고 하면 절대 하지 마

하이 제이드
더럽 올리비아

나야 알리시아
나한테는 왜 다른 사람들처럼 정상적인 오빠가 없을까? 네 오빠는 완전 정상적이거든. 오빠들은 원래 다 저래. #비극 #진실

6월 15일 목요일

화장법에 관한 진실 ☆ 올리비아는 진실을 말한다

브이로거들이 자기들의 일상 화장법에 대해 말하는 걸 나도 많이 봤어. 근데 내 화장법 얘기는 오래 안 걸려. 화장법이란 게 아예 없으니까. 나랑 화장은 도무지 친해지지가 않아.

화장법 설명을 보고 있으면 쉬워 보여. 그런데 막상 해보면 마스카라 솔로 눈을 찔러서 눈을 매력적으로 충혈시키고 끝나잖아.

실수를 하고는 그걸 가리려고 더 바르다가 또 실수하고... 결국 화장이 끝나면 내 얼굴은 이렇게 돼.

[나는 오빠 방 벽에서 가져온 좀비 포스터를 들어 보였다. 오빠는 방을 역겨운 것들의 사진으로 도배하길 좋아한다.]

그러니까 내 화장법 조언은 따르지 마. 절대로. 안 그러면 죽은 사람이 무덤에서 벌떡 일어나서 널 보고는 같은 종족인 줄 알고 다가올 테니까. 평소에 내 진짜 아침은 이래. 침대에서 5분만 더, 그리고 다시 침대에서 5분만 더, 그리고 마지막으로 5분만 더, 그리고 진짜 마지막으로 5분만 더, 결국 엄마의 고함 소리.

[이 뒤에서 평소 아침 식사를 묘사하는 것으로 내용이 바뀐다. 이 비디오가 지금까지 찍은 것들 중에서는 가장 길다.]

오후 10시

스완즈에 대한 비디오는 4,000뷰가 넘었고, 오빠에 대한 건 1,000뷰를 찍었고, 화장법 비디오는 훨씬 뒤처진다. 그건 겨우 2시간밖에 안 됐지만 말이다.

화장법 비디오는 내가 업로드 한 것 중에서 유일하게 악플이 전혀 없다. 어그로들이 마침내 나한테 흥미를 잃은 건지, 내가 셀프디스를 해서 걔들이 할 일이 없어 그런 건지는 잘 모르겠지만. 지금까지의 댓글은 굉장하다 :

초콜릿 먹는 모건
이 비디오 멋지다! 더 만들어줘 플리즈~

 호박공주
♡♡♡ 올리비아

 날라의 법칙
올리비아 사랑해!!! 진실을 멈추지 마!!!

 모두의 사라^^
2:32 끝내주는데

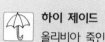 **하이 제이드**
올리비아 죽인다

 멜리사는 안다
넌 화장할 필요 없어 ♡ 완전 근사해

 켈리 D
나도 너처럼 자신감 넘쳤으면 좋겠다. 그럼 화장할 필요도 없는데

     날라의 법칙
    화장할 필요 없어. 원하는 대로 해 #워너비올리비아

6월 16일 금요일

아빠가 내 방에 와서 새 폰을 다운로드 해줄 수 있는지 물었다. 전에도 이렇게 물은 적이 있는데, 아빠가 실제로 원하는 건 폰의 소프트웨어를 새 버전으로 업데이트 하는 거다. '세팅'으로 가서 '업데이트 확인'만 누르면 되는 간단한 일이지만 아빠한테 그건 미션 임파서블 수준이다. 왜냐면 항상 내가 해줬기 때문에.

이 일은 비디오를 위한 아이디어를 줬고, 나는 아빠가 나가자마자 녹화를 시작했다 :

아빠에 관한 진실 ☆ 올리비아는 진실을 말한다

안녕! 아빠가 방금 내 방에 와서 새 폰을 다운로드 해달라고 했어. 새 폰을 어떻게 다운로드 할 수 있냐고? 당연히 말도 안 되지. 아빠는 업데이트 설치를 그렇게 말하는 거야.

우리 아빠가 첨단 기술에 얼마나 무식한지 아니? 예를 하나 들게. 한번은 내가 저녁식사 시간에 맞춰 올 수 있냐고 문자를 보냈더니 나한테 전화해서 "그래" 그러곤 끊지 뭐야.

또 아빠는 LOL('Laughing Out Loud'의 약자로 웃음을
표현하는 속어:옮긴이)이 먼 뜻인지도 몰라. 내가 백
번도 넘게 말했는데 아직도 기억을 못 해. 내 햄
스터가 죽었다는 문자에 LOL을 붙여 보냈더라구.
할 말 다 했지 뭐.

제일 골 때렸던 건 새 노트북을 사려고 아빠랑 가게에 갔을 때야.
결제를 하면서 아빠가 이러더라. "구글이 들어 있는지 확인해봐야 안
될까?"

[나는 고개를 흔들고 얼굴을 손에 파묻었다. 비디오는 이런 식
으로 계속되었고, 아빠가 자기 모니터에서 파일들을 삭제해달라고
했던 일로 끝났다.]

지금은 아빠를 비웃은 것에 대해 약간 죄책감이 느껴진다. 아빠
가 첨단 기술과 친하지 않은 게 아빠의 잘못은 아니다. 아빠는 그
저 기계치일 뿐이다.

비디오를 만드는 건 재미있었지만 이걸 업로드 하는 건 좀 아닌
것 같다. 아빠가 이걸 볼 것 같지는 않지만, 그래도 이걸 브이로그
에 공개하는 건 나쁜 짓 같다. 오빠와 다르게, 아빠는 그런 일을
당할 이유가 전혀 없기 때문이다.

6월 17일 토요일

오늘 아침 상품 광고 제안을 받았다 :

안녕 올리비아

나를 소개할게. 나는 ㈜ 이모지어링의 크리스탈 몬태규라고 해.
네가 못 들어봤을 수도 있으니까 우리가 누구인지 간단히 설명할게. 이모지어링은 대표적인 이모티콘의 모양으로 만든 고품질 귀걸이를 제작하는 회사야. 선글라스를 낀 웃는 얼굴이나 웃는 응가 같은 이모티콘 알지?
우리와 함께 일할 만한 떠오르는 브이로거들을 찾고 있었는데 네가 딱이라고 판단했어. 너도 같은 생각이라면, 둘 다 마음에 드는 합의점을 찾을 수 있을 거야.

크리스탈 몬태규
매니징 디렉터 겸 소셜 미디어 매니저
㈜ 이모지어링

나는 곧장 관심이 없다고 답장을 썼다. 내가 살 마음이 눈곱만큼도 없는 상품을 '올리비아는 진실을 말한다' 채널에 들이밀어서 돈을 벌 생각은 눈곱만큼도 없다. 내 팬들이 귀에다 황금 똥을 매달고 돌아다니는 걸 상상만 해도 미칠 것 같다.

그들이 나한테 접촉해 온 것만으로도 화가 났다. 그리고 이제는 화가 나면 녹화를 시작할 때라는 걸 안다.

상품 홍보에 대한 진실 ☆ 올리비아는 진실을 말한다

안녕 얘들아. 이 채널에선 진실을 말한다고 약속했으니까, 오늘은 브이로깅의 한 단면에 대해 얘기하고 싶어. 너희들은 듣고 싶지 않을 수도 있겠지만. 아주 많은 브이로거들이 자기들이 좋아하는 옷이나 화장에 대해 얘기하다 보니, 자기 상품을 언급해주는 대가로 돈을 주겠다며 접근해 오는 회사들이 많이 있어. 바로 어제 나한테도 일어난 일이야.

[그러고는 눈을 굴리고 머리를 흔들며 크리스탈 몬태규의 이메일을 읽었다. 원래는 이모티콘 귀걸이라니 얼마나 멍청한 아이디어냐고 떠들어대고 싶었지만, 순간 크리스탈이 고소할 수도 있다는 생각이 들어서 이메일을 비꼬듯 읽는 걸로 만족했다.]

난 그 제안을 거절했어. 왜냐면 난 그런 귀걸이를 하고 싶지도 않고 너희들이 그래야 할 이유도 모르겠으니까. 만약 내가 뭔가를 홍보하는 걸 듣게 된다면, 그건 내가 진짜로 좋아하고 그래서 내 돈으로 산 상품이라는 뜻이야. 그리고 사실 벤&제리 같은 유명한 회사가 홍보를 위해 나한테 접근해 올 것 같지는 않으니까, 내 채널에서 상품 홍보를 볼 일은 없다고 장담할 수 있어.

말이 나왔으니 말인데, 난 벤&제리 아이스크림 중에 초콜릿 퍼지 브라우니 맛이 최고라고 생각해. 아니라고? 어어... 그 맛을 한번 먹어보면 공감하게 될 거야.

벤&제리를 언급하지 말 걸 그랬다. 진짜 먹고 싶어 미칠 것 같다. 하지만 반값 할인을 다시 할 때까지 기다려야 한다.

브이로그 세계의 어두운 단면을 슬쩍 보는 게 흥미가 있을지 확실치 않았지만, 팬들은 좋아하는 것 같았다. 조회수가 빠르게 5,000뷰를 넘었고 댓글이 많이 올라왔다 :

초콜릿 먹는 모건
♡♡♡ 정직해서 너무 좋아. 올리비아 채널을 신뢰하는 이유

 멜리사는 안다
네 채널을 보는 사람들은 똑똑해서 그런 쓰레기를 안 살걸. 하여간 브이로거지들이 문제야 문제

 제나 D
코걸이로도 만들까?

 와우 구독 머신
합리적 비용으로 새 구독자 백만 명 이상 바로 확보
increasefollowers.com/redirect/1782436170

 나야 알리시아
오리지널 올리비아 팬들 아주 칭찬해. 올리비아는 이제 유명해질 거야

     앙마 리암 13
    유행 사냥꾼 납셨네 ㅋㅋ 요즘 유행하는 유기농 주스 바에는 안 가시나?

     나야 알리시아
    뭐라는 거야 멍청아. 남들보다 내가 먼저 좋아했거든! 한심하긴

6월 18일 일요일

오후에 오빠가 쇼핑 카트를 집에 가지고 왔다. 무슨 용도인지는 말 안 했지만, 오빠가 '무모한 찰리'라는 채널을 만든 걸 봤기 때문에 바로 감이 왔다. 오빠는 그 채널에서 어떤 무모하고 위험한 제안이라도 실행할 거라고 공약했다. 고작 152뷰밖에 안 됐지만, 벌써 댓글이 몇 개 달렸다 :

괴짜 스카이 댄서
계단에서 쇼핑 카트 타기

맨스플레이너 댄
인테리어 가게에 가서 전시용 화장실 쓰기. 작은 거 말고 큰 거

트롤 익스프레스
토하지 않고 고양이 통조림 먹기

불꽃 제임스
폭죽에 불 붙여서 부모님 화장실에 던져 넣기

미친 도미닉
밤중에 경적 울려서 가족들 깨우기

오빠는 이걸 전부 실행할 계획일까? 그렇다면, 적절한 때에 내가 발견한 거다. 비록 첫 번째 쇼핑 카트 도전이 오빠를 못 죽이더라

도, 마지막 경적 도전은 오빠를 확실히 죽여줄 테니까.

나는 엄마와 아빠한테 비디오를 보여줬고 오빠는 한 달 동안 외출 금지를 당했다. 하지만 부모님은 오빠의 생명과, 더 중요하게는, 우리 화장실을 구해낸 것에 대해 나한테 감사하기는커녕, 내가 오빠 머릿속에 브이로깅을 할 생각을 심어줬다며 화를 냈다.

오빠의 미친 짓과 브이로그는 아무 상관이 없다. 브이로그 때문이 아니더라도, 얼간이들은 항상 멍청한 일을 찾아내는 법이니까. 만약 오빠가 정말로 나를 따라 하는 것이라면, 지적인 비디오를 만들어서 교양 있고 수준 높은 구독자들을 매혹시킬 생각을 해야 한다. 순전히 재미만 추구하는 얼간이들 말고.

6월 19일 월요일

이번 주는 최악의 상황에서 출발했다. 오빠가 진짜로 경적 도전을 했기 때문에? 내가 싱크홀에 빠지기라도 해서? 주말인 줄 꾹 믿고 늦잠을 자서?

그보다 더 나쁘다. 세바스찬이 내 인생에 돌아온 거다. TV 쇼 이후로 세바스찬을 피해 다니는 데 그럭저럭 성공했기 때문에, 녀석의 존재를 거의 잊고 있었다.

오늘 아침 세바스찬이 구겨진 종이를 들고 정문 앞에서 나를 기다리고 있었다. 녀석은 나한테 종이를 휙 내밀며 내 에이전트가 되겠다고 제안했다. 내가 정직한 브이로그를 시작한 것을 보게 돼서 기쁘고, 누군가가 곧이곧대로 내가 했던 '모든 것'에 대해 '완벽한' 진실을 말해준다면 진짜 골 때리는 일이 벌어질 거라고 했다.

이건 당연히 협박이었다. 내가 사인하지 않는다면, 내 팬들한테 데스티니 조작사건에 대해 말하겠다는 거였다. 내가 만든 비디오마다 TV 쇼 대참사를 링크시킬 계획인 게 분명했다.

나는 세바스찬이 내민 계약서를 갈기갈기 찢어버린 뒤 한 마디도 하지 않고 지나쳐 갔다.

지금 나는 치즈 냄새의 협박에 대해 고민하고 있다. 뉴욕 여행은 이미 포기했다. 그러니 새 채널에서 나오는 수입이 얼마가 되든 세바스찬한테 반을 주는 데 동의해도 별로 문제될 건 없다. 하지만 원칙은 이것이다. 세바스찬이 이기게 할 수는 없다.

오후 9시

방금 크리스탈 몬태규 씨로부터 이모지어링을 홍보해줘서 고맙다는 이메일을 받았다. 그녀는 내 비디오 이후로 '트래픽이 미친 듯이 급증'했다고 말했다.

진짜? 이모지어링 귀걸이를 공개적으로 비판했는데 그래도 나한테 감사하단다. 결국 나쁜 평판 같은 건 없는 모양이다.

내 생각엔 이것도 꽤 좋은 전략인 것 같다. 이런 걸 노이즈 마케팅이라고 하나?

몬태규 씨에게 그 대가를 받을 수 있을지 묻고 싶은 유혹을 느꼈다. 어쨌든 트래픽이 급증하고 있다니 말이다. 하지만 절대로 그래선 안 되겠지. 언젠가 이 일도 내 정직한 브이로그에서 고백하게 될 수 있으니까.

6월 20일 화요일

점심시간에 세바스찬이 다가와서 자기 제안은 여전히 유효하다고 말했다. 다른 말로 하자면 자기를 빨리 나의 '에이전트'로 고용해라, 안 그러면 팬들한테 데스티니 조작사건에 대해 폭로하겠다, 이런 소리였다.

그 순간, 무엇을 할 것인지 결심했다.

나에 관한 진실 ☆ 올리비아는 진실을 말한다

이 브이로그를 시작할 때, 난 최대한 정직하겠다고 했어. 하지만 그게 나한테 왜 중요한지는 설명하지 않았지.

진실은 이런 거야. 올해 초에 데스티니 채널이라는 브이로그를 시작했어. 비디오의 대본은 내가 썼지만, 내 친구 엠마가 그걸 연기하고 읽었어. 그런데 어떤 사람이 이걸 부정직하다고 생각했고 우리가 TV 쇼에 출연했을 때 이 문제를 터뜨려버렸어. 그 사건 뒤에, 데스티니 채널을 삭제하고 대신 이 브이로그를 시작하게 된 거야.

TV 쇼에서 나를 고발했던 바로 그 애, 세바스찬이 오늘 나를 협박했어. 내가 전에 했던 데스티니 브이로그에 대해 너희들한테 얘기하겠다고.

그래서 지금 내가 직접 말하는 거야. 자, 어떠냐, 세바스찬? 이제 모두에게 폭로하겠다고 협박해봤자 소용없어. 내가 이미 직접 했으니까. 이제 가서 협박할 만한 또 다른 사람이나 찾아보시지.

밤에 이 비디오를 업로드 하고 댓글이 올라오기를 기다렸다. 나는 앞일을 생각해봤고 일이 틀어지면 채널을 삭제할 준비도 되어 있었다. 하지만 그런 일은 일어나지 않았다.

특별한 게 있다면, 이 비디오가 다른 것들보다 인기가 더 많았다는 거다. 예전 데스티니 팬들이 마침내 나의 새 채널을 찾아낸 게 아닐까 싶을 정도였다. 댓글창에 낯익은 이름 몇 개가 보였기 때문이다 :

파피 M
네 비디오 정말 좋아. 계속 만들어줘

데스티니몬스터02
2:17 저 자식 에휴...

xx패션걸xx
이 비디오 정말 좋아. 우린 너무 비슷한 거 같아

데스티니는완벽해
이 채널은 너어어어어어어어어어어어어어어어어어어어어무 완벽해

옛 이름들을 다시 보니 진짜 기분이 좋았다. 그리고 다음 비디오에 관한 아이디어가 떠올랐다.

6월 21일 수요일

지난번 비디오에서 세바스찬 채널의 링크를 걸지는 않았다. 내 팬들이 녀석을 기습하도록 유도하는 인상을 주고 싶지 않았기 때문이다. 하지만 팬 중 하나가 이런 댓글을 올렸다 :

데스티니몬스터02
올리비아를 협박한 녀석의 채널을 찾아냈어. 다들 가서 그 바보 자식 버릇을 고쳐놓자. bit.ly/1VTAOcO

몇 분 뒤, 세바스찬의 최근 게임 비디오 밑에 댓글이 쌓이기 시작했다.

 괴짜소녀
협박을 하다니, 나쁜 넘 거지 같은 넘

 파피 M
세바스찬은 루저래요 메롱메롱

 샤우팅 로렌
ㅇㅈ

 xx패션걸xx
뭐 이런 또라이가 다 있지?

 데스티니는완벽해
세바스찬 그으으으윽혐

 앙마 리암 13
누군지 모르겠지만 채널 알려줘서 고맙고맙. 비디오 잘 볼게 ㅋㅋ

세바스찬은 어떤 댓글에도 반응하지 않았지만, 구내식당에서 폰을 들여다보며 움찔하는 걸로 봐서는, 댓글을 본 게 틀림없었다.

세바스찬이 나한테 한 모든 짓에도 불구하고, 약간 미안했다. 다시는 녀석을 언급하지 않을 테니, 팬들이 잊어버렸으면 좋겠다. 나는 분노에 찬 패거리의 우두머리가 되고 싶지 않다. 비록 세바스찬이 나를 협박하고 내 삶을 망쳐버리려 했더라도.

6월 22일 목요일

엠마를 소개할게 ☆ 올리비아는 진실을 말한다

안녕 얘들아. 오늘은 아주 특별한 초대 손님이 있어. 바로 나의 베프 엠마. 짜잔!

엠마는 우리 반이고 배우로도 활동해. 지난번 채널의 주인공이었기 때문에 아는 사람이 꽤 있을 거야. 엠마는 곧 뮤지컬 〈그리스〉에 출연할 건데, 오늘 게임 때문에 리허설 도중에 깜짝 등장한 거야.

오늘은 마시멜로 게임을 할 거야. 그게 뭐냐고? 우리 둘 다 입에 마시멜로를 가득 채우고 뭔가를 묘사해서 알아맞히는 거지. 영화나 TV 프로그램이나 책이나, 뭐든지.

[여기서 내가 마시멜로 봉지를 열면 우리는 입에 마시멜로를 집어넣는다. 비디오의 나머지 부분은 우리가 내는 "어어어어어 우우우우우 어어어어어" 소리와 낄낄대는 소리밖에 없다.]

데스티니가 아니라 엠마라는 점을 분명히 밝혔는데도, 팬들은 전혀 신경 쓰지 않았다. 팬들한테 중요한 건 자신들의 영웅이 돌아왔다는 사실이었다. 아, 그렇다. 이번에는 자기들을 착각하게 만들었다고 나를 비난하는 사람이 아무도 없었다.

클로에 C
맙소사 데스티니가 돌아왔어. 너무 기쁘당

그들은 나를 슈퍼 제니퍼라 부른다
올리비아 & 데스티니 = 최강 콤비

클라라 쿠키
안녕! 다음엔 눈 가리고 화장 게임 플리이이이즈~

xx패션걸xx
와우 최고의 친구를 가졌구나

샤우팅 로렌
데스티니!!!!!!!!!!!!!!!!!!!!!!!! 예에

 앙마 리암 13
데스티니 머리가 예뻐졌네. 탈모를 가리느라 가발 썼나 ㅋㅋ

 데스티니는완벽해
닥쳐 데스티니랑 올리비아에겐 결점이 없어 #팬덤 #완벽

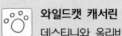

 와일드캣 캐서린
데스티니와 올리비아는 영원한 베프

 저스틴 로드리게스 쇼
이거 싫은 사람 당장 지구를 떠나라

파피 M
데스티니 팸 돌아왔구나!!!

팬들이 착각했다고 나무랄 수는 없다. 스완즈를 떠난 뒤로 엠마
는 훨씬 더 데스티니 같아졌다. 엠마는 더 이상 싸가지 없는 표정
을 짓지 않는다. 전에는 비디오를 찍기 시작할 때만 다정한 모드로
바뀌었는데, 지금은 항상 그렇다.

6월 23일 금요일

점심시간에 재스민이 다가오길래 어떤 욕이든 먹을 각오를 했다. 하지만 실제로 재스민이 말한 것은 상상도 못한 내용이었다.

듣자 하니 재스민의 사촌이 내 브이로그 채널의 링크를 보냈단다. 그걸 본 재스민은 내가 온라인에서 유명해진 걸 알게 되었고, 나한테 이렇게 제안했다. "스완즈에 들어올래?"

정말 말문이 막혔다. 재스민은 자기 제안이 충격적인 거 안다, 하지만 자기 패밀리에 들어와도 충분할 만큼 내가 진짜 유명하더라고 말했다.

어제 그 패거리를 비웃는 비디오를 만들고 내일 거기 들어간다는 게 도대체 말이나 되는 짓인가? 다음 비디오는 어떻게 되게? "미안한데 내가 틀렸어. 잘나가는 패거리는 진짜 멋지더라. 니들은 전부 뭘 모르는 루저들이야." 이렇게?

뭐라고 대꾸하는 대신, 나는 창문을 빤히 보면서 재스민을 무시했다. 재스민이 내 얼굴 앞에서 손가락을 딱 튕기자 많은 애들이 고개를 돌리고 안 보는 척했다. 재스민이 "이보세요?" 하길래 싸가지 없는 표정을 지어보려 애썼지만, 결국엔 웃음이 터지고 말았다.

재스민이 나한테 보복을 해올 게 뻔하다. 하지만 그렇게 되면, 재스민에 대한 비디오를 만들면 된다. 그렇기 때문에 브이로거한 테는 함부로 시비를 걸면 안 되는 거다.

6월 24일 토요일

내 온라인 유명세가 예전 학교에도 퍼진 게 분명하다. 어제 제스 한테서 문자가 왔다. 내 브이로그가 얼마나 멋있는지, 왜 자기한테 그 얘기를 안 했는지 묻는 내용이었다. 어라, 제스가 마지막 문자 다섯 개를 씹길래 더 이상 나한테 관심 없다고 생각했는데.

 이제 샘, 한, 그리고 스테프까지 기적적으로 내 번호를 기억해내서는 문자를 보내왔다.

모든 게 너무 이상하다. 조회수는 그저 화면 위의 숫자일 뿐인 데, 아주 특별한 힘을 가지고 있다. 그 숫자는 싸가지 없는 패거리 가 나를 아주 쿨한 애로 판단하게 만들고, 예전 학교 애들이 내가 자기들 친구였다는 사실을 갑자기 기억해내게 만들기도 한다.

결국은 걔들의 문자에 답장을 하겠지만, 지금 당장 하지는 않을 거다. 엠마가 오늘 밤엔 리허설이 없어서 위스퍼 게임을 녹화하려고 우리 집에 올 테니까.

오후 10시
빅 뉴스. 엠마가 실제로 캘럼과 사귀고 있단다!

그래, 괜찮네.

엠마가 왔을 때 뮤지컬 리허설이 어떻게 돼가는지 물었더니 엠마가 얼굴을 붉혔다. 뭔가 있다는 걸 알아차린 나는 한참 만에 진실을 캐내고야 말았다.

들자 하니 캘럼은 몇 주 전에 메건과 깨졌단다. 화난 여자애들이 캘럼을 사기꾼이라고 비난하면서 감자튀김을 집어던진 뒤로 둘 사이가 예전 같지 않았다고 한다.

나는 의젓하게 둘의 새로운 시작을 축하해줬다고 말하고 싶지만, 진실은 이렇다. 내가 '서머 나이츠'(뮤지컬 〈그리스〉에서 대니와 샌디가 부르는 노래:옮긴이)를 스피커가 터지도록 틀어놓고 즐기는 동안, 엠마는 얼굴을 손에 파묻고 내 침대 위에 쓰러져 있었다.

희한하다. 데스티니 브이로그를 삭제한 뒤로, 엠마는 훨씬 더 데스티니 같아졌고 이제는 진짜로 캘럼과 사귀기까지 한다. 브이로그를 계속 뒀더라도 이제는 더 이상 사기가 아닌 거다. 진짜 희한한 일이다.

7월 21일 금요일

이 일기를 까맣게 잊어버릴 만큼 브이로그 채널 때문에 너무 바빴다. 거의 한 달 동안 업데이트를 못 했다는 걸 방금 알았다.

나는 지금 날마다 비디오를 찍는다. 마음을 털어놓고 싶은 얘기가 있을 때도 있고, 그냥 내가 얼마나 심심한지 말할 때도 있다. 어떤 건 확 뜨고 어떤 건 안 뜬다. 어떤 것이 뜰지 예상하기란 어렵다.

가장 큰 인기를 얻은 비디오는 현재 573,573뷰를 얻었고 지금도 계속 올라가는 중인데, 좋아하는 초콜릿바나 음악같이 나 자신에 대한 진솔한 얘기를 늘어놓은 것이다. 그게 왜 그렇게 인기가 있는지 모르겠다. 내가 우연히 뭔가 대단한 얘기를 했나 싶어서 한번 볼까 생각했지만, 아직도 화면에서 나 자신을 보는 건 견딜 수가 없어서 그만두었다.

로키를 주인공으로 브이로그를 시작했다가 실패한 이야기를 담은 비디오도 인기가 많다. 구독창에 로키의 원본 비디오를 링크해 뒀는데, 지금은 그것도 50,000뷰가 넘었다. 축하의 의미로 로키한테 개박하를 넣은 솜털이 보송보송한 분홍색 생쥐를 사줬다. 하지만 로키는 그 생쥐를 곧장 로드킬 상태로 납작하게 만들어놓고 말았다. 그런데, 솔직히, 로키 브이로그가 일찍 망한 게 조금은 다행이다. 사실상 하루 종일 낮잠만 자는 스타를 데리고 연출하는 건 악몽이니까.

다음 달에 시애틀에서 열리는 인터내셔널 브이로그 컨퍼런스에 초대를 받았다. 주최 측에서는 나한테 '자신만의 브이로깅 목소리 찾기' 부문에 패널로 참석해달라고 했다. '올리비아는 진실을 말한다' 브이로그를 홍보할 절호의 기회다. 내 브이로그는 그냥 카메라에 대고 아무 말이나 떠든 뒤 그걸 그대로 올리는 거라고 사실대로 말해야겠지만, 그것만으로는 내용이 턱없이 부족하다. 게다가 내겐 사람들을 즐겁게 해줄 다른 재주가 없으니, 뭔가 다른 걸 조금 더 준비해야 할 것 같긴 하다.

거기 가도 좋다는 허락을 겨우겨우 받아냈다. 아빠와 같이 가는 조건이었다. 엄마한테는 사람들에게 엄마의 채널에 대해서도 말하겠다고 약속했다. 실제로 그렇게 할 거다. 만약 누가 지금까지 본 것 중에 최악의 브이로그가 뭐냐고 물어온다면.

주최 측에서는 나의 항공료와 호텔 숙박비는 제공하지만, 엠마의 비용까지는 부담할 수 없다고 했다. 엠마는 이제 내 브이로그의 고정 게스트니까 팬들이 엠마를 만나지 못하면 화를 낼까 봐 걱정이 됐다. 그런데 이틀 전에 운 좋게도 엠마의 항공료와 호텔 숙박비로 충분한 광고 수입이 들어와서 엠마도 나와 함께 갈 수 있게 되었다. 단, 엠마가 일정 내내 캘럼 얘기만 계속하지 않았으면 좋겠다. 아, 물론 난 둘이 사귀는 게 좋다. 하지만 솔직히 살짝 지겹기도 하다.

뉴욕 수학여행이 바로 이번 주다. 내가 얼마나 필사적으로 거기 가려고 했는지를 생각해보면 웃음만 나온다. 지금은 전혀 신경도 안 쓰는데 말이다. 내 마음속은 훨씬 더 신나는 것들로 가득하다.

지금도 현실 같지가 않다. 발랄한 패션 애호가와 기분 나쁜 고양이에 관한 브이로그를 만들기 위해 그렇게 애썼는데, 결국은 데스티니가 아닌 올리비아로서, 머릿속에 떠오르는 걸 뭐든지 자유롭게 말하는 정직한 브이로그로 성공을 거뒀다는 사실이 믿기지 않는다.

하지만 그것이 브이로깅에서 가장 중요한 점이다. 여러분이 누구든지, 여러분이 무엇을 좋아하든지, 이 세상에는 여러분과 비슷한 사람이 꽤 많을 거다. 수천 명일 수도 있고, 어쩌면 수십만 명일 수도 있다. 그리고 그들은 여러분이 말하는 것을 보고 싶고 듣고 싶어 할 수도 있다. 과연 실제로 그럴까? 궁금하다면 방법이 하나 있긴 하다. 바로 자신의 비디오를 찍어서 업로드 해봐!

한때 청소년 토론대회에 단골로 등장한 주제가 있었다. '소셜 네트워크 서비스(SNS)는 유익한가, 해로운가?' 이 주제는 이제 예전만큼 자주 다뤄지지 않는다. 그것이 유익하든 유해하든, 이미 우리 삶에 필수적인 영역이 되어버렸기 때문일 것이다.

SNS는 인간이 만든 다른 많은 것들처럼, 엄청난 유익과 함께 그 못지않은 해악을 끼치는 강력한 존재이다. 이 소설의 주인공 올리비아가 바로 그것을 우리 눈앞에 생생하게 그려 보여주고 있다. 올리비아는 SNS를 통해 반짝 스타가 되었다가 비참하게 추락하고, 다시 진짜 스타로 거듭난다. 올리비아가 경험하는 사건들을 따라가며 우리는 SNS의 의미에 대해, SNS를 대하는 바람직한 자세에 대해 생각해보게 될 것이다. 동시에 우리는 SNS보다 더 중요한 현실의 삶에 대해, 거기서 만들어지는 직접적인 인간관계를 바람직하게 만들어가는 방법에 대해 더 많이 생각해보게 될 것이라 믿는다.

이 소설을 옮기는 동안 참 즐거웠다. 소설에 등장하는 한 사람 한 사람이(세바스찬까지도) 사랑스럽게 살아 있었고, 작가의 유머 감각과 재치가 감탄스럽고 부러웠다. 우리말로 이런 느낌까지 생생히 옮기는 것은 너무 어려운 일이었다. 이 소설을 읽는 사람들이 내가 느낀 재미를 조금이라도 함께 느낄 수 있다면 옮긴이로서 정말 감사하고 보람될 것이다.

SNS를 하지 않아 그 세계의 언어에 무지하고, 현직 국어교사라는 정체성 때문에 '바른말 고운말' 강박증에 사로잡혀 있는 내가 현실감과 균형감을 잃지 않도록 도와준, 사랑하는 두 아들 강표와 건표에게 고마움을 전한다.

2017년 가을,
김영아